「少国民」昭子の戦争

宮田玲子

Reiko Miyata

文芸社

「少国民」昭子の戦争　目　次

この物語には一部不適切と思われる言葉が使われていますが、
当時の時代背景を伝えやすいという意図であえてそのままにしています。

序章　初空襲の夜

昭子は目が覚めた。これまで夜中に目覚めるなんてことあったっけ？　なかった。こんなことは初めてだ。

真っ暗闇の中を動きまわる人影。明兄ちゃんだ！　リュックを背負っている。米や芋の入ったボストンバッグを抱えて縁を飛び出していったのはお父ちゃんにちがいない。

昭子の枕元でお母ちゃんが慌ただしく風呂敷包みの紐を結んでいる。

雨戸が開け放たれていたが、この夜は闇夜だった。目を凝らすと部屋はがらんとしている。敷きつめられていたはずの寝具は畳まれて片隅に積み上げられている。

（空襲だ！）昭子はとび起き絶叫した。

「死にたくない！」「どうして起こしてくれないの！」

胴震いしながら着替えはじめる。これは訓練なんかじゃない。本物の敵機がとうとう襲ってきたのだ。

「小さい昭子を起こすのはかわいそうだから寝かしておいたのです。昭子を置き去りにするはずはないでしょ」

「死ぬときは皆一緒です」

耳元で、圧し殺したように低く冷たくお母ちゃんは言った。叱るときはいつもこうだ。昭子は泣くのを止めた。着替えると食糧の入ったリュックを背負い庭の防空壕に入る。敵機は雨雲の上を飛んでいるのか爆音はきこえなかった。高射砲の音もなかった。探照灯が闇空に光る。

まだ覆いのついていない穴だけの壕の中から、昭子は空を仰いだ。西の空がオレンジ色に染まっていく。

「こっちは大丈夫そうだな」とお父ちゃんの声がした。

燃えあがる東京の空を睨みながら、昭子は心に決めていた。もうなにも言わない。黙っていよう、と。

神田・室町・日本橋一帯が焼けた一九四四（昭和十九）年十一月二十九日から三十日未明にかけての東京初の夜間空襲。この夜を境に、昭子は「お国のためにつくす」「つよい子」「少国民」であることをやめた。密かにやめた。

半年前、出征していく先生を見送って「万歳」を唱え、「私たちは、先生、ほかの人につづき、日本の國をもっといひ國にしやうと思ひます」と学校提出の日記に書き記し、「あとにつづくあなた方が大切なのです。しっかりやってください」と担任から励まされていたけれど、それはこういうことだったのか。出征して戦地で死ぬことになる大人のあとにつづいて、少国民も爆撃を受けて死ぬということだったのだ。昭子は、戦争の現実に曝されてやっとこのことがわかった。

お母ちゃんは「死ぬときは皆一緒です」と言う。それってどういうこと？　昭子だけが死ぬのじゃない、みんな一緒に死ぬのだから、黙ってついてきなさいってこと？「サイパン島では、少国民も兵隊さんと一緒に戦って玉砕した」と、十組の先生は叫んだ。でも、それを聞き流し白けている女の子たちに怒り、全員を壁の前に立たせ平手打ちしたそうだ。「一緒に死ぬ」ってことは、玉砕するってことなのか？

そうだ、つい最近も七組の担任先生が興奮し顔を引きつらせ、「神風特攻隊が一機一艦必殺の体当たりで敵の空母に突っ込んでいった」と叫んでいた。「これこそ大和魂だ！」と。

あのとき昭子も、日本人の大和魂はすごい、と思った。お国のために潔く死んでゆく大和魂はすごいと思った。サイパンも神風特攻隊も、まだ昭子の身に迫ってきてはいなかった。だから、十月のフィリピン沖海戦のニュースを聞きながら、

「命惜しまぬ若桜
いま咲き競うフィリッピン
いざ来いニミッツ・マッカーサー
出て来りゃ地獄へ逆落とし」

（『比島決戦の歌』）

フィリッピンには山下将軍という将軍、猛虎がいる。マッカーサーが来たって地獄に落としてみせるぞ！　と勢いよく声を張りあげていたのだ。それは昭子とは遠く離れたところで起こっている出来事でしかなかった。

でも、現在《いま》は違う。昭子のいるこの場所が戦場になるのだ。フィリッピンで大和魂が体当たりして、敵の空母を撃沈しているというのに、十一月に入ってから毎日のように敵機がやってくる。二十四日の金曜日にはとうとう爆弾を落としていった。家は吹き飛び、防

空壕がつぶれ、埋もれて人が死んだ。吹き飛ばされて石垣に叩きつけられた子どもがいたって噂で聞いた。敵機を迎え撃つ味方の高射砲の破片が当たって、頸が切れて死んだ人もいる。特攻隊がフィリッピンの沖で体当たりして敵艦をやっつけているというのに、敵機は首都東京に狙いをつけて毎日のように飛んでくるのはなぜ？　マッカーサーは地獄に落ちているんじゃないの？

特攻で男たちが死んでゆき、男たちが乗った飛行機も粉々になる。あとにつづく男たちがいなくなり、敵にぶつかる飛行機もなくなって、そのときは少国民が戦うことになるということ？　どうやって？

「天皇陛下の御為に
死ねと教えた父母の
赤い血潮を受けついで
心に決死の白襷、
かけて勇んで突撃だ」

『勝ちぬく僕ら少国民』である男子は歌っているらしい。「弾は肉弾　大和魂」、少国民も、大和魂という肉弾となって体当たりして死んでゆけっていうの？

「いやだ！　いやだ」臆病者、非国民と罵られ、軽蔑されても、昭子は肉弾にはなりませぬ。「死ぬ」ってどういうことかわかっているのかな。爆弾で肉はとび散り、焼夷弾を浴びて肉はチリチリと焼け焦げ、苦しんで苦しんでさいごは骨のかけらとなり、溶けてなくなるのだ。人は死ねば骨となるのだ。昭子はこの目ではっきり見ている。骨となったじいちゃんの死の姿を。

おじいちゃんは、春、脳出血という病気であっという間に死んでしまった。死んでから焼き場で焼かれ骨となった。でも戦争で死ぬときは、生きたまま爆弾で吹きとばされ、焼夷弾で焼かれて死んでゆくのだ。肉弾は生きたまま身体に弾を巻きつけて体当たりしていくのだ。じいちゃんは七十七年生き切って死んだ。寿命がつきるまで生き切って死んだ。そこまで生きてきても、人であることが終わる瞬間はおそろしかったにちがいない。昭子たちは、襲ってくる敵弾に怯えに怯えて終わるのだろうか。

昭子たち少国民は、この世に生まれてから、何年生きてきた？　国民学校三年生の昭子はまだ十年も生きていない。おじいちゃんは身体が衰えて死んだけれど、昭子の身体はまだ小さい。おいしいものを食べて、これから大きくなっていくはずなのに、御飯もろくに食べられず、乾燥芋をかじり、ひもじい思いをしたまま死んでいくなんて、いやだ！　あんこの入った本物のお団子の味も知らず、甘いシロップのかかったかき氷も知らない。井戸に吊したスイカの絵にかぶりついてお姉ちゃんに笑われたまま死んでいくのはいやだ。

　昭子は海を知らない。京成電車に乗って船橋の海神まで行けば、海はすぐそこに在るというのに、まだ行ったことがない。お兄ちゃんやお姉ちゃんたちはプールで泳ぎ、川で泳ぎ、海で泳ぎ、潮干狩りして遊んだことがあるというのに。高尾山というお山に登り、頂上でものすごく大きな富士山を見て驚いたというのに。昭子はそうした話を聞くばかりだ。汽車に乗っていろんなところに行きたいなあ。知らないことばかりで、昭子は終わりたくない。いやだ！

一章　戦時に育つ

一、戦争には関心・興味はない

昭子は初等科三年生であるというのに、日本がなぜ戦争をしているのかを知らない。戦争をしている日本という国に生まれ育ってきたから、戦争という空気を吸って、それが当たりまえのことになっている。だから、なぜ？　と、大人に質問してみようとも思わずに今日まで来てしまった。それに……、昭子は戦争についてのお話に興味がなかったしね。

明兄ちゃんの本棚には、『敵中横断三百里』や『亜細亜の曙』という本があって、お兄ちゃんは夢中になって読んでいるらしいのだけれど、昭子は、手にとっても頁をパラパラッとめくって挿絵を眺め、それでおしまい。『水戸黄門漫遊記』『怪傑黒頭巾』『落花の舞』のような、丁髷に結ったお侍さんが主人公の本は大好きで、繰り返し読んでいる。

『鞍馬天狗』の本を読みたいし、映画も見たいのだけれど、お母ちゃんはとりあげてくれない。

『のらくろ』マンガは退屈しのぎによく読んでいるなあ。犬軍は日の丸をはためかせ、豚軍は支那服を着ているから、ということは、支那で戦争しているんだと、なんとなくわかるし、支那は豚みたいな国なんだっていつのまにか身体に沁み込んでいく。

ふだんは映画を見ないお兄ちゃんが『燃ゆる大空』を見て興奮し、「航空日本空ゆくわれら」と大声で歌っている。男の子はそうやって少年飛行兵に憧れるようになるのだろう。お姉ちゃんは『西住戦車長伝』を見にゆく。なぜか昭子をお供に連れて。昭子は戦争映画は好きでない。チャンバラ映画、お侍の出てくる映画なら喜んで見にゆくのだけれど……。

やっぱり、思ったとおり、つまらなかった！　真っ暗闇の中陰気な画面が延々とつづき、昭子は退屈で退屈でたまらない。おまけに大入り満員、身体をちょっとでも動かそうたって、それができない。身体が固まってしまいそう。

戦車隊長は無精髭をはやし、陰気な、力の入らない顔付きで、暗い闇の中を戦車から降り、旗を手に沼の中に入っていく。深さを測ろうとしているらしい。まわりの人は息をつめてシーンと観入っているのだけれど、昭子は人いきれにつぶされそうになっていて汗まみれ、急におしっこがしたくなってきた。退屈とおしっこしたいを我慢しきれず、ついに「お姉ちゃん、おしっこ」と叫んでしまった……。

だあれもいない、がらんどうの便所で、用を足し終えたあのスッキリ感。ホーッとした安心感に包まれて個室を出ると、お姉ちゃんが立っていた。クライマックスシーンを見はぐって怒り狂い鬼のような顔をしたお姉ちゃんを、昭子は忘れることはないだろう。お姉ちゃんは一生昭子を恨みつづけるかもしれない。戦争映画は嫌いだ！

お母ちゃんも戦争映画は観ない。でも昭子が見たいチャンバラ映画もあまり観ない。『浅草の灯』『暖流』『新雪』『無法松の一生』、そして黒沢明の『姿三四郎』。昭子はお母ちゃんのお伴をして、おとなしく見ている。『姿三四郎』の右京が原の決闘はおそろしかったなあ。風の吹きすさぶ原野に立つ月形龍之介の檜垣源之助の異常なまでの暗さと殺気は、脳髄に焼き付いてしまって一生消えそうにない。

お母ちゃんは軍歌も嫌いだ。

「いざ来いニミッツ・マッカーサー、出てくりゃ地獄へ逆落とし」「来るなら来てみろ赤とんぼ、ぶんぶん荒鷲ぶんと飛ぶぞ」（『荒鷲の歌』）、昭子が大声で歌っていると、

「いやな歌だ、お止め！」と眉をひそめる。

「父よあなたは強かった、兜も焦がす炎熱を敵の屍とともに寝て、泥水すすり草を噛み、荒れた山河を幾千里、よくこそ撃って下さった」（『父よあなたは強かった』）

お母ちゃんはこの歌については「歌うな」と命令した。

「誰が、こんな戦場に父を、夫を送るものか」と吐き捨てるように小さく呟く。

お母ちゃんが歌う軍歌は『戦友』と『麦と兵隊』の二曲のみ。満州、徐州など中国大陸で戦う兵隊たちの歌だ。寂しく悲しい歌だ。

「空しく冷えて魂は　故郷《くに》に帰ったポケットに　時計許りがコチコチと動いて居るも情無や」（『戦友』）「徐州々々と人馬は進む徐州居よいか住みよいか、洒落た文句に振りかえりや、お国訛りのおけさ節、ひげがほほえむ麦畑」「友を背にして道なき道を　行けば戦野は夜の雨『すまぬすまぬ』を背中に聞けば『馬鹿を言うな』とまた進む　兵の歩みの頼もしさ」（『麦と兵隊』）

何度もお母ちゃんの口ずさみを聞くうちに、昭子も覚えてしまう。

「『すまぬすまぬ』を背中に聞けば」お母ちゃんは昭子の顔をみ、うなずきながら口ずさむのだ。お母ちゃんはそれ以上何も言わない。

二、連隊の町で

昭子が生まれ育ったこの町は連隊の町。街を歩けば兵士が行進し、短剣を斜めに背負った騎馬兵も行く。

明兄ちゃんの級友の一人は、お父さんが連隊長さん。馬小屋付のお屋敷に住んでいる。連隊長さんは連隊への出勤も騎馬で行く。馬丁が口取りをしてお伴する。

通り道には騎馬兵の落とし物、馬糞が湯気を立てている。その後を牛の曳く荷車が追っていく。牛がペシャッと糞を落とす。道は糞だらけ！　敏捷に歩き走らなければ下駄も運動靴も糞に塗れてしまうのだ。転ぼうものなら悲惨、みじめ！　昭子のように運動神経の鈍い子でも、糞をよけて走る術を身につけなければ生きてはいけないのだ。

サイドカーが広小路を猛スピードで曲がって行った。あっ！　あの将校はもしかしたら憲兵隊長？　昭子のクラスに、三年の新学期に転入してきたあの子のお父さんにちがいない。戦車隊がごろごろ連隊への坂道を登っていく。江戸川の河原では訓練を終えた初年兵たちが輪になって遊んでいる。

真間山弘法寺の境内は初年兵の訓練の場になっているらしい。昭子は国民学校に入学する前、幼稚園に入るよりももっとずっと前から、おじいちゃんの散歩のお伴をして真間山に登るのが日課だったから、毎日のように訓練を眺めつづけてきた。

「集合！」指揮官が鋭く叫ぶ。

「ザッザッザ！」静まりかえっていた境内に、初年兵の靴音が鳴る。

「一、二、三、四」「元へ！」「一、二、三……」点呼が始まる。二列横隊に直立し兵士たちは天に向かって吼えている。力強く腹から押し出される野太い声、つんざくばかりに甲高い声がつづく。喉を詰まらせ「四」とか細く喘ぐ男のところで「元へ！」が繰り返されている。

「捧げ銃《つつ》！　担え銃《つつ》！　匍匐前進、並み足行進、駈け足行進、銃装備点検……」

次々と繰り広げられる訓練メニュー。昭子は国民学校入学前にすでに、少国民が受けることになる訓練メニューの予備訓練を頭の中に通過させていたのだ。

そうそう――、初等科一年生最初の体練は、行進の練習だった。

明兄ちゃんから聞いたことがある。

「機関銃を組み立てているだろう。下士官が鞭を振りながら見回ってるんだ。もたついていようもんなら、ピューン！　尻を打つんだ」

ああ、よかった。昭子の国民学校の担任は鞭は持っていない。

「元へ！」を繰り返しさせられていた彼の男は、無事だったのだろうか。殴られたりしていないだろうね。

兵士たちの咆哮を聞くうちに昭子の耳元で雄鶏が声をあげた。「コケコッコー」と叫ぶ雄叫びが覆いかぶさるように響きはじめる。ああ昌ちゃんだ、昌ちゃんも叫んでいる。


――・――


従兄の昌ちゃんは昭子とは親子ほども年嵩で、剣道で全国制覇したことを唯一の誇りとする大男だ。

あの日、昌ちゃんは二度目の召集を受け出征することになったと、お母ちゃんに別れを告げに来た。

「図体のでっかさと大声で相手を威圧して勝負に勝つ、荒っぽい剣法なのさ」

お母ちゃんはほめているのかくさしているのかわからない言い方をするけれど、早くに両親と死別した甥をかわいがっていた。

昭子は快活な笑顔を絶やさず遊び相手になってくれる昌ちゃんが好きだ。

大酒飲みで、飲めば話は大風呂敷になる。あの夜もよく飲んだ。相手をしていたおじいちゃん、お父ちゃんが奥に引っ込むと、それまでは幾分畏まっていたのが、手酌でぐいぐいやり始めた。喋りの相手は大学予科生の元兄ちゃんと中等学校生の亨兄ちゃん。二人は酒を飲まないから、まるで酔っ払いの独演会だ。軍隊生活の体験談を威勢よく喋り捲くっている。

「荷物点検があるんだ。靴下一本だって、紛失したら大事《おおごと》だぞ。班員全員が制裁されるんだからな。褌一本なくなったことがあった。二班の野郎が盗みやがったなって直感した。物干しに干してある二班の奴のを失敬してくるんだ。お互い帳尻が合えばいいんだから」

「汚あ～い！」

昌ちゃんの膝の上で昭子は声を上げた。

「なにも汚いことはないぞ、昭子ちゃん。きれいに洗って日光消毒してある」

昭子は話の内容よりも、直接吹きかけられた酒臭い息に堪らず逃げ出してしまう。

それにしても、昌ちゃんの言うことは笑い話にしか聞こえない。これが天皇の軍隊なんだろうか。やんちゃな若衆宿のあんちゃんのほら話？

「元君よう、亨君よう、君らもそのうち軍隊に入るんだ。軍隊生活はすべて要領さ。要領！　その点自分は大丈夫なのでありまあす。ウイ〜ッ」

「実戦では、そうもいかんでしょう」

元兄ちゃんは生真面目な聞き手だ。

「バランスの問題だよ、それから上官。どんな上官に当たるかだ。あとは運だな」

昌ちゃんは急に姿勢を正し、

「こんなわしでも、やるときは、やるさ。ヤットウ！　の精神だ」

と声を張った。

肴を持って入ってきたお母ちゃんが口を挟んだ。

「爆弾三勇士とか肉弾とか、世間ではもて囃されているようだけれど、わたしは嫌いよ。ああいう、生命を粗末にするような戦い方だけはしないでね」

「叔母さん……」

昌ちゃんは何事か言いかけ、でも言葉にはせずお母ちゃんを見詰めていた。

「それは無理というもんだ」

お母ちゃんが立ち去ったあと呟くと、それ切り饒舌は止んだ。ただ黙々と夜更けるまで盃を重ねるのだった。

「もうお休みなさい」、酔いどれた虎は、お母ちゃんと二人のお兄ちゃんに抱えられ寝間に運ばれていった。

ようやく深閑とした闇の中に一家は眠りに就こうとした。

そのとき、お隣さんの裏庭で雄鶏が「コケコッコー」と時を告げたのだ。

それからが大変だった。昌ちゃんと雄鶏との鳴き競べが始まってしまったのだ。

「コケコッコー」

「馬鹿野郎！　コケコッコー」

剣道で鍛え上げた雄叫びは家中に響き渡り、競演は白々明けまで止むことがなかった。


「大変ご迷惑をおかけしました」

朝明けて従兄昌ちゃんは、二日酔いの頭を叩きながら、気恥ずかしそうに大きな身体を屈め挨拶すると、

「昭子ちゃん、元気に待っとれよ」

にっと笑みを見せて去っていった。

以来、昭子の耳には従兄の雄叫び「馬鹿野郎！　コケコッコー」だけが、こだまのよう

にかえってくるのだ。
兵隊になるとは。肉弾になることなのかもしれない。

――・――

おじいちゃんとの散歩に、珍しく明兄ちゃんが加わって、高い石塀の坂道を県道に向かって歩いていると、真間山境内での訓練を終えた初年兵の小隊が下ってきた。兵士らは行進しながら声高に歌っている。

「吉野を出でてうち向う
飯盛山のまつかぜに
なびくは雲か白旗か
ひびくは敵の鬨の声」

『四条畷』で敗死した楠木正行《まさつら》、正時兄弟を称える唱歌は、行進の曲として使うにはテンポがゆったりしているが、歩調高く踏みしめていると、ぴったり合ってくる不思議さがある。

「勇ましくないなあ」

明兄ちゃんが小声で言った。

「負けて死んじゃう歌なんて」

「負けちゃうの？」

昭子の鸚鵡返しの声が高くなる。

「勝ち負けではないんじゃ。楠木兄弟の忠義は偉い偉いと言っとる」

背後から、おじいちゃんが大声で言った。

「だって……」

と言いかけて、お兄ちゃんは口を噤む。

「忠義ってなあに？」

昭子の問いかけは追い越して行く指揮官の叱声に消されてしまう。

「声が小さいぞ！」

兵士たちは一段と声を張り上げる。

「あな物々し八万騎

大将師直いずくにか
かれの首を取らずんば
ふたたび生きてかえるまじ」

（大和田建樹作詞、小山作之助作曲『四条畷』唱歌）

「ふたたび生きてかえるまじ」このとき、四歳か五歳。まだ幼稚園にも入っていない昭子には、敗け戦になったら生きて帰らないとか、それが忠義というもの？　だなんて、何を言っているのかわからなかった。ただ、なんとなく、兵隊さんたちはみんな死ぬのかな？と、そんな気がした。するとまた、従兄昌ちゃんのあの雄叫び、「バカヤロー！」が耳元で鳴り始めるのだ。

昌ちゃんはなぜ、あんなにもしつこく「バカヤロー」と叫びつづけたのか。昌ちゃんも生きて帰らないのか？　でも、昌ちゃんは「昭子ちゃん元気で待っとれよ」と言って出征していったのだ。

昭子の町の野砲兵たちも、次から次へと戦場に向かっていった。

「ふたたび生きてかえるまじ」とうたいながら。兵隊さん、生きているの？　死んでしまったの？

（注、このときの兵たちはおそらく、ノモンハンに出動し潰滅。その後国府台連隊の兵たちは、ガダルカナル、フィリピン攻略戦、バターン半島、コレヒドールを戦い、そして沖縄に散っていった）

三、大和魂って？

昭子は、国民学校に入る前から戦争という空気にとり囲まれていたから、いつのまにやら「大和魂」「神風」「神国日本」ということばは、身体の中に沁み込んでいたようだし、「楠木正成」「広瀬中佐」「橘中佐」「乃木将軍」「木口小兵」「爆弾三勇士」らは、唱歌とともに子どもらにとっての英雄となっていた。

昭子がとくに愛唱したのは『元冠』。国民学校に入学し、文字が読めるようになって「北条時宗」の伝記を読んでからは、「なんぞ怖れんわれに　鎌倉男児あり」と、若き執権時宗のかっこ良さに魅せられていた。「正義武断の名　一喝して世に示す」と、日本刀に見立てた物差しを振り下ろし、ドン！　と畳に踏み込む。スカッ！　と気分高揚の瞬間。

洗い張りの板に糊付けした布地を広げながら発するお母ちゃんの一言が昭子に冷水を浴びせる。

「蒙古兵を沈めたのは台風だよ」「神風なんて信じない方がいいよ」

皮肉っぽいその言い様！　お母ちゃんはいつもこうだ。

後醍醐天皇に忠義をつくし湊川で敗北、弟正季と刺しちがえて自決した「楠木正成」は、大和魂のお手本みたいな人だ。天皇のために戦い、敗け戦になれば「七生報国」を誓って自決する。昭和の将兵たちにとって正成は、手本とするべき人物なのだ。

正成は騎乗したまま銅像となり、宮城《きゅうじょう》前広場に立ち天皇を護衛している。

お母ちゃんは、この銅像にもちょっとばかり皮肉をこめて言うのだ。

「正成は南朝の忠臣、その忠臣がいまや北朝の子孫である昭和の天皇を守って立っているんだものね」と。

国民学校三年生になって昭子は、子どものために書かれた赤表紙の『太平記』を読んだ。どこまでも天皇の位と支配者の座を取ろうとする後醍醐天皇を昭子は好きになれない。というより気に入らないんだ。その後醍醐につくす正成を理解することができないでいる。でも、知恵と勇気をもって繰り出す千早城合戦の目ざましい戦いぶりには喝采し、唱歌

『千早城』をお母ちゃんの耳には届かぬ場所で歌っているのだ。
少国民昭子の「大和魂」は、その程度のものだ。

二章　未完成少国民

一、戦争で何をしているの？

昭子は、真珠湾攻撃の朝のことを全く覚えていない。日本がアメリカやイギリスと戦争を始めたというのに、昭子はそれどころではなかったから……。

昭子は幼稚園への登園拒否の真っ最中だったのだ。お母ちゃんに無理矢理引っぱられて幼稚園の前まで行くのだけれど、園の門前に座り込んで大泣きに泣きわめき、お母ちゃんはさすがにあきれ顔に昭子を眺めていたっけ。園内は静まりかえって、やがて、朝のおうたがきこえてくる。

園内に連れ込むことをあきらめたお母ちゃんは、黙って歩き始める。昭子は後を追う。お母ちゃんは国民学校裏門脇にある文房具屋に入る。文房具のほかに駄菓子も置いている店だ。

「おうちに帰ってお絵描きしようか」といって、クレヨンと塗り絵帳を買ってくれた。その頃はまだきな粉飴は売っていて、涙の乾きはじめた頬っぺたをゆるめながら、口の中で飴を転がし、ほっとしたのだった。

十二月いっぱい昭子は園を休んだ。

ある日の夕方、昭子はお母ちゃんといっしょにいつもの豆腐屋に、夕べの味噌汁の具に豆腐と油揚げを買いに行った。

すると幼稚園青組の中村先生も豆腐を買いに、小さな丼を手に立っていた。

「あら？　昭子ちゃんもお豆腐？」「もうすぐ冬休み、明日はおいしいおやつでお楽しみ会するのよ。昭子ちゃん、おやつを食べにいらっしゃい。先生といっしょに食べましょう。先生と二人で食べながらお話ししましょう」

昭子は、おやつにひかれて園に行くことを約束してしまった。

いまの昭子なら、先生とお母ちゃんが示し合わせていたんだろうって、そのくらいのことは見抜けたろうに！

昭子は、幼稚園の応接室でおやつのアンパンを食べながら、「いじめっ子がいるの」と告白したのだった。

「昭子ちゃんをいじめた子を先生に教えてくれる？　お友だちのいやがることをしないように、先生がしっかりお話ししますから」

「お正月が明けたら幼稚園に来ましょうね。待ってますよ」

こうして登園拒否を終わりにすることができた。昭子は約束を守った。

昭子が出会った先生の中で好きな先生は？　と問われたら、幼稚園の中村先生と、国民学校一年の受け持ち宮崎先生の名を挙げるだろう。昭子の先生はこの二人だけ、と一生言いつづけるのかもしれない。

昭子が幼稚園に再び通うようになった年明けの二月、日本軍はシンガポールを占領した。お祭り騒ぎのように、「勝った」「勝った」と沸いていたのだろうけれど、昭子は、ぜんぜん覚えていない。幼稚園に通うことに一所懸命になっていたのだと思う。

その二ヵ月後昭子は国民学校初等科に入学した。入学してすぐの四月十八日土曜日、昭子はこの日はじめて日本がアメリカと戦争していることを知ることになった。

その日、一年生は早々と下校し、昭子は庭で石蹴り遊びをしていた。そこへ、初等科五年生の明兄ちゃんが、

「見たぞ！　見たぞ！」と叫びながら飛び込んできたのだ。兄ちゃん何を見たのだ？　来るはずのないアメリカ空軍の爆撃機が、頭上を超低空で通り過ぎていったというのだ！　東京から千葉に向かって飛んでいった。

「あれはグラマンの艦載機だ。パイロットも見えたぞ！」

そうだったのだ！　実は昭和十七年の四月十八日、この日が東京初空襲の日だったのだ。アメリカ、イギリスとの戦争は始まったばかり。日本軍は勝ち進んでいるはずなのに、アメリカの爆撃機が東京を空襲してきたのだ。

明兄ちゃんは警報が鳴ったというが、昭子はまったく気が付かなかったし、東京に爆弾が落ちたという噂話を耳にした覚えもない。そしていつのまにか、空襲があったことも忘れてしまった。

（注、この時の空襲は東京だけではなく、横浜、川崎、名古屋、神戸にも現れたという。民間人に相当数の死傷者が出たらしいが、正確な数字は分からない。早稲田中学の生徒、葛飾の国民学校の児童が死んでいるとのこと。鉗口令が敷かれ、国民には被害状況は伝わっていなかった）

初等科一年、夏休みに入る直前、昭子は学校からゴムマリの配給を受けた。シンガポール戦勝記念に特別配給されたゴムマリだ。

キンダーブックを読んで昭子は絵日記に書いた。

ケフキンダーブックヲヨンダ。インドノクニニゴムガアル　ソレハ　イマデハ　センサウヲ　ヤッテイテトレナイ、ゴムノクニガアル。ソノゴムハ　木ノ上カラオチテクルゴムヲトッテ　ソノゴムデ　ゴムフーセンヤ　マリダノ　ニッポンニオクルノデス。

毎日のようにゴムマリをついて遊んだ。配給のゴムマリはたちまち弾まなくなった。「センサウヲ　ヤッテイテトレナイ」のだから「シカタガナイ」と「ガマン」する少国民昭子の誕生。

インドってどこにあるのだろう？　シナで戦争しているのだと思っていたら、こんどは南洋の方でアメリカ、イギリスと戦争を始めたらしい。南洋ってどんなところ？　どこにあるの？

『冒険ダン吉』というマンガを読んだことがある。日本人の少年ダン吉は南の島に流れついて、蛮公たちを従え王様になっちゃった。腰蓑をつけて王冠をかぶっている。蛮公とは野蛮人のことで、土人ともよばれている。真黒な顔に歯だけが真っ白という描かれかただ。そういえば初等科二年の秋の運動会のお遊戯は「土人のお祭り」だったな。「やしの木蔭でドンジャラホイ」（中略）「今夜はお祭りパラオ島、土人さんが揃ってにぎやかに」と、腰蓑をつけ、裸足になって踊るのだ。

二年生三学期の学芸会では、六年生の明兄ちゃんが頭にターバンを巻いて舞台の上で「ビルマの夜明けだ！」と叫んでいた。ビルマ（現ミャンマー）の人は頭にターバンを巻いているのかなあ、とそれだけが頭に焼き付けられ、でも中身はチンプンカンプン。つまらない劇だった。ビルマは南洋の国の一つなのかしら。土人さんではないような？

初等科三年生になって配られた国語の教科書には、「南洋」という題で、日本の落下傘部隊が降下していく絵が描かれていて、シンガポール占領のことも書いてあるから、ビルマもシンガポールも南洋のうちに入るのかしら。明兄ちゃんは「アジア」だと言っている。この戦争は大東亜戦争だと教えてくれたのもお兄ちゃんだ。

南洋だかアジアだかよくわからないけれど、そこに住んでいる人たちと戦争しているようではない。戦っている相手は土人さんでもないし、ターバンを巻いたビルマ人でもないらしい。イギリスやアメリカだ。教科書「南洋」には、「イギリス人がいばっていたシンガポールは、わが陸軍が攻め落とし」たと書いてある。南洋からは石油やゴムがとれるのだとも書いてある。でも昭子はそれを読んでみても、なんで戦争することになったのかわからないままだ。三年生になってから、学校で勉強する時間がほとんどなくなっているから、退屈しのぎに教科書を眺めているだけなのだもの。

昭子が南方と唯一つながったのは、「ヘイタイサン」との文通を通してだった。

一年生は、国語、修身の時間に「ヘイタイサン」について勉強する。「ヘイタイサンススメ　ススメ　チテチテタ」「テキノタマガ　雨ノヤウニ　トンデ　来ル中ヲ、日本グンハ　イキホヒヨク　ススミマシタ」などと大きな声で読みあげているうちに、「ヘイタイサン」を勇ましいと感じるようになる。

体操場（現在の体育館）で「ヘイタイサン」のニュース映画を観る。観兵式の場面では兵の行進に目を見張る。

一年生の体操は行進の練習ばかりだ。腿と腕を地面に水平に高く立ち上げて進む足並み行進は、とても難しい。足と腕が同時に出てしまう。並んでいるともだちと足並みが揃わない。だから、「アシガソロッテ　トテモ　キレイ」な「ヘイタイサン」の行進に驚いてしまうのだ。

その十日後の九月二十一日、その日は航空記念日。市川小学校の卒業生が少年航空兵となって空から母校にやってきた。郷土訪問飛行だ。後輩である市川国民学校三千人の少国民たちは、日の丸の旗を振って先輩を迎える。先生たちは「ほんたうにえらいですね。勇ましいですね」と、少年航空兵をほめたたえるのだ。（注、少年航空兵は、昭和二十年特攻出動し、沖縄の海に散った）

訪問飛行から一週間後、一年生たちは一斉に「ヘイタイサン」への慰問文を書くことになる。「ヘイタイサン」は勇ましい、というイメージだけで、どんなことが書けるのだろうか。

けっきょく、昭子は「オウチノコト、ガッカウノコト、センセイノコトヲカイタ」。それだけ。先生は手直しなぞしなかった。昭子の手紙を預かり、「キット　オヘンジヲ　クダサイマスヨ」と励ましてくれた。

年が明け「ヘイタイサン」から絵はがきが届いた。そこには戦う「ヘイタイサン」はいなかった。餅つきをする「ヘイタイサン」がいた。フィリピン・ルソン島の正月。「ヘイタイサン」はそのフィリピン・ルソン島の人たちといっしょに餅つきをしていた。「ヘイタイサン」は島の人と仲よしであるらしい。昭子はうれしくなってまた便りした。「ヘイタイサン」はお寺のお坊さんだ。妹さんは東京墨田区の国民学校に通う初等科五年生。「もうひとり昭子ちゃんという妹ができました。戦争がおわったら会いましょう」そのときから、昭子は「ヘイタイサン」を「お兄さん」と呼ぶことにした。

文通は、初等科二年の終わりまで続いた。昭子と南洋との唯一のつながりだった。

文通は、初等科三年の春に突然終わった。

三年に進級したことを伝える昭子の便りは届かなかったようだ。「お兄さん」からの最後の便りは、お船に乗って移動することを伝えていたから、「おそらくは、敵の襲撃を受けたにちがいない」と、返信を待ちわびる娘昭子に母親は言いきかせ、昭子はここではじめて、戦争を実感しはじめたのかもしれない。

「お兄さんは、もしかしたら、戦死したのかもしれない」

「お兄さん」は、フィリピン沖海戦の神風特攻よりも半年早く、誰からも、もてはやされることもなく、フィリピンの海に散っていったのだ。

二、「がまん」と戦争

昭子の戦争は「がまん」することでもあった。「欲しがりません勝つまでは」という標語があったけれど、そんな標語を口にするよりも、実際「がまん」する以外になかったのだから、「いまはないからしかたがないわよ」と諦めれば楽になる。

雨の日に長靴を履いたら穴があいていた。お姉ちゃんのレインシューズを借りた。十一歳も年嵩の人が履くシューズは初等科二年生の昭子には大きすぎるのでダブダブだ。「まんがのミッキイさんの足みたい」とクスクス笑いながら登校する。友だちに会えば「いまはないからしかたがないわよ」といってまた笑う。

お米も魚も野菜もすべて配給。衣料品も配給。キップ制。運動靴も配給。なかなか順番がまわってこない。だから下駄ばきで学校に行く。

お父ちゃんが吸うタバコを買いもとめ街中を歩きまわる。最近このタバコも葉っぱのまま配給になるので、家で粉にして紙に包み、紙巻きタバコを作るのだ。

配給の行列に並ぶのは子どものお手伝い仕事。配給所のおやじが、子ども相手に量目をごまかさないか目を光らせる。そういうときには「つよい子」になる。

学校にはストーブがない。鉄砲弾を作るために金属類は根こそぎ供出してしまったからだ。

霜柱を踏んで登校する学校の軒には、槍先よりも鋭い氷柱《つらら》がぶら下がっている。冷え切った教室で五十分の授業の終鈴が鳴ると、昭子たちは運動場に飛び出していく。駆けまわり、押しくらまんじゅうをし、互いの身体を押しつけあって、身体に火をつけるのだ。身体は「ぽっかぽっか」温まる。

ことあるごとに「がまん」を「つよい子」におきかえて、「兵たいさんにまけるよわむしじゃない」と日記に書けば、担任から「あら　えらいわね。ほんたうにつよい子　よい子ですね」と褒められ、「がまん」は喜びへと高まる。でも、褒められるのも初等科一年生までだ。

二年生から四年生の敗戦までの三年間、高等女学校を卒業してすぐ採用された代用教員が担任となった。昭子はお姉さんのような先生を期待したのだが、ガチガチの生真面目大和撫子。皇国民教育の徹底こそが使命とばかりに、「お国のためにしっかりおやりなさい」を連発。遊び心がなかったから、昭子はがっかりし、学校はたちまちつまらないところとなった。

皇国民教育というのは叱咤と懲罰によって鍛えるものであるらしく、朝礼の校長訓示を復唱できないからといって、真冬の暖房のない教室に正座させられ、休み時間にトイレに行列（トイレは使用不能の個室が多かった）して授業開始に遅れたからといって立たされ、弁当を喰いはぐれる。男の先生はビンタを連発する。「がまん」が喜びに高められるのぞみはなくなったのだ。

防空待避訓練の日々から空襲という非常時が日常となる首都圏の少国民は、ひもじさを「がまん」し、寒さを「がまん」するだけではすまなくなっていった。「がまん」をしのぐには、密かに芽生えた反抗心をバネにするほかないじゃないか！　昭子の耳に昌ちゃんの雄叫びが響く。「バカヤロー、コケコッコー」

少国民は「ぜいたくは敵だ」「欲しがりません勝つまでは」の嘘っぱちを、とっくの昔に見抜いている。

配給券がなければ買えない砂糖が券なしで売られ、しかも相手によって商人の対応が変わる。ないはずの菓子が焼かれている不思議。その菓子を食べるのは、いったい誰なのだ？

昭子は目撃し、嗅ぎとり日記に書く。

四月四日　日えう日　曇

今日、おひるまい《〔え〕》から、ひとりごとをしてあそんだ。だれもいないのに、えおさと《〔ママ〕》ですかおさと《〔ママ〕》は、はいきゅうけんがなくてはだめなんですが、ぢゃ、ないしょでうってあげましょ。みんなにいってはいけませんよ。あいらっしゃいませ、なんですかおみそ七ひゃくですか、すいませんが、五ひゃくからうへはだめなんですよ、なんていって、（以下略）

（一九四三〔昭和十八〕年　初等科二年）

四月八日　木えう日　雨

（前略）学校のところのおかしやに《〔を〕》とう《〔お〕》ったらいひにほいがしたのでやす子ちゃんたちが、「しゃくにさわっちゃうわ」といった。わたくしもしゃくにさわる。（同前）

学校に提出する日記帳に、思いのまま自由に綴るのは初等科二年の新学期、新担任が赴任したばかりの四月で終わり。日記は急速につまらないものになる。担任から伝わるスローガン的言葉の羅列にすぎなくなるから。昭子自身の見たこと、思ったことは、次第にしまいこまれていくから。

三、学校は防空訓練の場

初等科一年に入学し、夜間空襲の始まるこの日まで、昭子はどんな風に少国民らしくなろうとしてきたのだろう。

思いつくのは、「がまん」する「つよい子」ということだけ？

奉安殿に最敬礼、宮城の方角に向かって最敬礼。「天皇陛下におかせられましては」という声が聞こえると、いち早くピンと背筋を伸ばして直立不動。日の丸の旗を仰いで直立不動。そうだ、最敬礼と直立不動の姿勢はきっちりできるようになったなあ。そして「ありがたい」と唱える。なにが「ありがたい」のかは、わからない。「兵たいさん」に「ありがとう」は、わかるような気がするのだけれど……。

三年生になってから、「鬼畜米英」と叫ぶ声がやたらときこえるようになった。ラジオ、新聞、そして学校の先生、みんな叫んでいる。そして「お国のために」「万歳」する。先生は「大和魂」をもって「日本は勝利するのだ」とさかんに言う。でも、なにが「大和魂」で、なぜ「鬼畜米英」なのかは教えてくれない。

そう、昭子の通う国民学校は、昭子が三年生に進級してから教室で勉強している時間がなくなったのだ。教科書に何か書いてあるのかもしれない。けれど、学校で開いて読む以外に、自分からすすんで読みますか。読まないね。もっとおもしろそうな本はほかにもあるし、陣取りや馬跳び、縄跳びをして遊びたいもの。

ちらっと教科書（修身だったかな）を開いてみたら、天皇は世界を正しくみちびくための戦いをしている、と読めたのだけれど、「正しくみちびく」って何？　世界はどんな風に正しくないの？　何が正しいことなの？　なんだかさっぱりわからなかった。

天皇はどんなお方なのか。昭子にとって天皇は直立不動と最敬礼の条件反射的、つまりその条件でしかなく、勅語奉読式で頭を垂れていると響いてくる「朕惟フニ」の「朕」でしかなかった。

戦う相手の米英はにっくき「鬼畜」というけれど、どんな風に「鬼畜」であるかも知らずに叫んでいるだけだ。

先生は、スローガンを叫んで子どもたちを駆り立てる以上のことは、なにもできないのだ。なにしろ子どもたちにいちいちそのなぜを説明する時間もなかったし、おそらく、説明するだけの中身も持っていなかったのだろう。

それじゃあ、学校では毎日何をしていたの？

ハイ。防空待避訓練をしていたのであります！

警報が発令されたら、防空頭巾をかぶり、ランドセルを背負って運動場に駆け下りる。地域班別に集合し班長が点呼報告して集団下校する。

昭子の通う国民学校の全校児童数は三千人。この三千人を整然と素早く動かさなければならないのだから、先生方は知恵をしぼったにちがいない。

地域班の組織再編成（地域別登校班はすでにあった）。集合場所の配置。地域担当教師とその立ち位置。班長による点呼報告。下校順とその経路。学校の非常口を各班が混乱なく通り抜けるにはどうするか。さいごに班別の下校経路と解散地点の確認。

訓練は、教室から集合場所への移動を混乱なく行うことに始まり、部分訓練を繰り返しながら何度も手直しを加え……。だからもう！　毎日毎日、防空頭巾とランドセルを抱えて行列をつくり、走り、止まり、呼び戻され、練習、練習の繰り返し。

三年生の昭子は、小さな一年生の手を引いて、五、六年生の後を付いて回るだけだから楽だったけれど、リーダーの六年生は緊張していたと思う。おかげさまで、十一月一日の東京空襲初日は、見事に待避をやり果たせたと、いまちょっぴり鼻を高くしている。

集団登下校での待避訓練だけではない。地域連絡網もつくられた。夜間空襲があった場合、警報解除後の登校をどうするかの連絡が必要となる。電話のある家は少ないから、その少ない電話持ちの家の児童を中心に地域連絡網をつくるのだ。この連絡網は六月十六日、北九州に米機襲来の夜、さっそく生かされた。

電話持ちの大家さんの末子みっちゃんは、昭子の家の玄関に立ち「朝七時に解除になったら登校。八時解除だったら登校しない」と伝える。昭子は隣家の二年生たっちゃんにすぐ連絡に行く。たっちゃんは床屋さんの君ちゃんに……と、連絡を回していく。

ああそうだ。思い出した。北九州空襲の夜から二日後、いちばん上の元兄ちゃんに召集令状が届いて出征していったのだった。家族全員で写真館に記念写真を撮りに行った。そのとき、昭子は気がついたのだ。うちの家族はまわりに見る人たちとは少しばかり変わってるみたいだな？　と。

この頃、男たちは国民服に戦闘帽、女たちは筒袖の和服にもんぺという、つまり戦時服を日常着にしているから、出征記念の写真もそのスタイルになる。出征兵士は戦時服に日の丸をたすきがけにして写真におさまる。

それなのに、わが家の男たちは背広にネクタイ。中学生の三男も、ダブルボタンの麻の上着に半ズボン。さすがに三男は坊主刈りにはしている。お父ちゃんと上の二人のお兄ちゃんは、レコードのジャケット写真で見かけた歌手の東海林太郎みたいに、ウエーブのかかった髪を七、三に分けている。お母ちゃんとお姉ちゃんは袂の長い絽ちりめんを着て帯をおたいこに結んでいる。末子の昭子は水玉もようの縮み織のワンピース。つまり全員晴れ着姿でポーズをとっていたのだ。

「いったいどなたが出征なさるんですか」写真館の撮影技師は咎めるように声を荒立てていたっけ。

「僕です」と元兄ちゃんが手を挙げると、「その中央の席に座って！」と命令した。「非国民！」声にならない言葉が飛礫《つぶて》になって飛んでくるような気がした。

撮影を終え、元兄ちゃんはお父ちゃんの手で髪を切りバリカンをあててもらい坊主刈りに変身した。

寄せ書き入りの日の丸の旗と、お姉ちゃんが集めた千人針の手拭いを鞄に詰め、国民服姿で門先に立つと、

「では、行ってまいります」と家族と見送りに集まった隣組の人たちに挨拶し、出征していった。日の丸の旗も振らず、万歳三唱をした覚えもない。まるで海外出張にでもでかけるように家を出ていったのだった。

隣組の人たちは白けていたらしい。

やっぱり、昭子の家族は、風変わりな人たちなのだ。

初等科三年生の一学期は、こうして本土空襲に備える訓練学習中心で終わった。

夏休みに入る直前、サイパンの日本軍が全滅した。昭子は七月七日の日中戦争開戦（日華事変）の記念日に、出征した兄ちゃんに慰問文を送ったが、サイパンは頭の中を素通りしていた。ところが同学年の十組では、中等学校を卒業したばかりの少年教師が、サイパンの話をシラーッと聞いている女の子たちにカーッとなって、鉄拳の雨を降らせていたのだ。

三年十組は女子クラスだ。全員教室の壁を背に直立させられた。先生は色白の額に青筋

をピリピリと立てながら怒鳴った。

「サイパンの同胞が戦死した話をしているんだ！　ニヤニヤしている奴がいる。なんでだ！　なにがおかしい！」

「サイパンには、お前らと同じ国民学校三年生もいたんだぞ！　みんな死んだんだ。立派に死んでいったのだ。銃後にいる者が、こんなありさまで、日本は勝てるのか！」

「馬鹿もん、目を覚ませ！」

平手打ちが始まる。暴力はいつものことなのだが、この日の平手打ちの激しさは強烈だった。（『絵日記にみる「少国民」昭子』より）

女の子たちは、サイパンの同胞に思いを寄せるどころか、痛みと恐怖だけを胸に刻んだ。

夏休みは一学期に勉強しそこなった授業時数をとりもどすため登校することになった。それなのに、訓練警戒警報が発令され、またもや待避訓練となってしまう。家に帰ってからも、防火槽に水を張り、火叩き棒を用意して「空の守り！」とスローガンを唱え、絵日記に記録するのだ。けっきょく、登校しても勉強なんてそっちのけだった。

夏休みの残り半分は、地域班で集まって学校ごっこをしていた。あれは勉強会だったのかもしれない。遊び半分のいいかげんなもので、上級生の気ままぶりに振りまわされ、ここで新しい「がまん」の仕方を身につけた。

二学期、登校するとクラスの人数が減っていた。縁故疎開で市川を離れる子が、どのクラスにも何名かいたらしい。そういえば、首都東京の三年生以上の子たちは親から離されて学校まるごと地方に集団疎開させられたらしい。

首都のお隣市川には集団疎開のお達しはない。郷里にじいちゃんばあちゃんがいる人たちは、そこを頼りに疎開していけばよい。でも昭子のように郷里に頼るほどの親類縁者もいなくなった、つまり故郷を失っている者たちは、この市川で踏ん張っていくしかない。

学校には新しい同居人が加わった。連隊本部の軍人たちだ。もうすでに憲兵分隊が同居していたところに、国府台連隊の本部が国府台台地から下りてきて、昭子たちの国民学校校舎の中心部を占領してしまった。なぜ？　昭子たちにはその理由はわからない。とにかく校舎の半分は兵舎になったわけで、教室が足りなくなった。二部授業ということで、午前クラスと午後クラスに二分された。男の先生が、どんどん出征してゆき、いくら代用教員を補充しても追いつかなくなっているから、二部授業でやりくりして帳尻を合わせたのかなあ？

　というわけで、皇国民になるための勉強時間を失ったまま、十一月二十九日夜、少国民昭子の頭上に空襲のサイレンは鳴り響いたのだった。このとき、皇国民となる覚悟は砕け散っていった。

三章　敗戦まで

一、空襲という日常

十二月に入ると、敵機は毎日のように襲来する。空襲、警戒の警報サイレンの鳴らない日は例外といってよいくらいのまれな一日となる。昭子たちは、たちまちにしてこの暮らしに馴れっこになってしまった。

狙われるのは中島飛行機のような軍需工場や軍事施設とその周辺だ。偵察機が一機飛来して旋回し、そのまま海上に去っていき、警報が解除になる、という日もある。

敵機が房総半島の方から東京を目指したとしても、市川の上空を通り抜けていくのみ。伊豆の方からやってくるときは、警報が鳴っていても、市川の上空には敵の姿なんて見えやしない。恐怖心は遠くに行ってしまった。

授業中にサイレンが鳴っても、もう驚かない。二部授業のため地域班の人数も減ってい
て、隣近所のお兄ちゃん、お姉ちゃんたち上級生と遊び気分で下校する。防空頭巾をかぶ
るのもうっとうしいので、学校を出れば背中に背負ったままになる。ときどき立ち止まっ
てお互いの非常食袋の中身を分けあい、炒り豆、炒り米をほおばりながら帰る。
家に帰り着いてもお母ちゃんはいない。留守だ。警報が鳴っていようがいまいが、そん
なことに構ってはいられない。食糧調達のために農家に買い出しに行っているのだ。農家
に差し出す反物が箪笥の中からまた一枚、二枚と消えているのだろうな。
昭子は、板塀のすき間から身体を滑り込ませ、家に入ると防火槽に水を張る。居間の卓
袱台にはお母ちゃんからの置き手紙がある。よこには皿に盛られたおやつの干し芋。
昭子は芋をかじりながら、庭に出て空を見上げる。防空壕には入らない。爆弾投下によ
る爆風で壕が潰れ、生き埋めになったという噂が広がって、防空壕はあてにはならない、
かえって危ない、と大人たちが話しているからだ。
高空にＢ29の編隊が悠然と姿を見せる。大和魂の友軍戦闘機が体当たりするかのように
Ｂ29に飛びかかっていく。Ｂ29の巨体に、それは蚊とんぼが挑みかかっていくようにしか
見えない。Ｂ29はびくともせず飛行していく。大和魂は勇敢だけれど、だからがんばれ！

と声をあげるときもあるけれど、かないっこない、とどこかで思っている。

白煙を引きながら墜ちていく戦闘機。悔しいけれど、それは映写幕に映しだされた戦争映画のワンシーンのようでもあり、とすれば、昭子は見物人でしかなかった。

夜の空襲ももう怖ろしくはなくなった。

警報が鳴ればすぐさま起きあがり、暗闇の中で着替えをする。枕元には、手探りでも着替えが素早く出来るよう、衣類を畳み順序よく重ねてある。どんなに幼い子どもでもそのように躾けられている。自力で身仕度ができるってわけだ。

着替え終わり、防空壕に待避したのは初空襲とその後数回のみだったと思う。一月、二月と回数が増すにつれ、布団の中に再び潜り込んでしまうようになった。

ラジオをつければ、東部軍管区情報が、「敵一機伊豆方面に北上中」などと放送している。「横鎮中管区警戒警報発信」。ああ横鎮なら京浜方面だ。だったらまあ、こっちには来ないな、と安心して寝てしまうことだってある。

空の敵状観察はお父ちゃんがしてくれる。警報発令を隣組に伝えるため、当番のお父ちゃんは兜をかぶって飛び出していく。灯が漏れている家があれば注意を促さなければならない。いやな仕事だ。ついでに空の敵状観察もしてくる。

　昭子もたまには外に出て上空に目を凝らす。南方東京湾上辺に赤い点線のような弾列が落ちてゆくのが見える。その点線が、昭子の方に向かってくることもある。でもそれは錯覚でしかない。

「あの方角は川崎あたりだな」とお父ちゃん。なんだ、東京湾を越えた向こう岸、そんな遠くに落ちてゆく焼夷弾が見えているんだ！

　探照灯が稲妻のように闇空に白く光り交錯し、B29を捕らえようとしている。高射砲がきらめき、タターン、タターンと炸裂する。

　市川の国府台には高射砲陣地がある。敵機を捕らえ、撃ちまくり、首都への侵入を喰い止めようというわけだが、市川上空を飛ぶB29は一万メートルから九〇〇〇メートルもの高さを飛んでいるから、砲弾は届きっこないよ、なんていう声もきこえてくるのだ。

　高射砲はB29には当たらず、破片が民家に墜ちてきて、日本国民が被害にあい、肩をそぎ落とされたり、頸動脈をかき切られて死んだりとか、味方の高射砲でとんでもないことが起こっているのだ。

　昭子の家も高射砲にやられた。その夜の食事は珍しく手に入った豚肉を使ったカレーライスだった。誰がどうやって手に入れた豚肉であったかなんて忘れてしまったが、とにかくこの貴重な肉入りカレーを大量に作った。何日間かはこのカレーが一家の腹を満たすはずだ。うれしいな！　鍋ごと大事に大事に茶箪笥上に載せ、「明日もまたカレーライス食べようね」と夢路に入ったところでサイレンが鳴った。いつものように着替えをし、布団の中で敵機が去るのを待つ。

高射砲がすさまじい音を立てていようとも、びくともせず、ウツラウツラしていた。突然轟音とともにバリバリと天井が裂けた。家中が地響きで揺れた。家族全員とび起きた。

お父ちゃんが、

「不発弾かもしれん！」と叫んだ。

お姉ちゃんが、

「何かがバウンドして明の方に飛んでいったよ」という。

「電気をつけろ」とお父ちゃん。

「でも灯が漏れたら」「かまわんつけろ」

お母ちゃんが電灯をつけた。

明兄ちゃんと昭子は隣り合って寝ている。二人は恐る恐る布団をめくりあげる。明兄ちゃんの枕元に、瓦屋根のようなものが座っていた。瓦じゃない。鉄片だ。明兄ちゃんの手の平よりも大きい。

「さわるな！」お父ちゃんの声は厳しい。見るなり「なんだ、高射砲の欠片だ」と断定した。

「なんだ、爆弾じゃないの？」「ああ、高射砲の欠片だから大丈夫」「でも明の頭に当たっていたら、大変なことになるところだった」

一家は胸をなでおろし、落下物が突き破った屋根と天井の点検にまわった。お父ちゃんとお母ちゃんにとっては、こちらの被害が大問題となった。

ところが、昭子たち子どもらの大問題はカレーがどうなったか、だ。崩れ落ちた瓦屋根と天井の木屑やら泥んこやらが、茶箪笥上のカレー鍋を覆っていたからだ。いや、鍋蓋は衝撃で吹き飛び、カレー鍋ではなく泥鍋のように変わり果てたその無残！　ああ、夕べ、もっと食べておけばよかったのだ！

鍋を取り囲み、泥を取り除け、それでもカレーは泥カレーでしかなく、昭子たちの腹は鳴きつづけるしかない。

お父ちゃんは翌朝、警報解除になるや、明兄ちゃんを連れ、鉄片を憲兵分隊に届けに行った。被害状況を話し、被害届なるものを提出し、後処理を依頼したかったらしい。

ところが、「ウン」も「スン」もどころか、にべも無く追い返されてしまった。

「味方の高射砲で、明は頭をかち割られたかもしれんのだ。一寸ほどの差で死ぬところだったんだ」

お父ちゃんは憤慨しつづけるが、どうしようもない。

お母ちゃんはお母ちゃんで怒っていた。

「宮田さんちに何かが落ちた」

目撃したご近所さんは、逃げ支度をして様子を見たけれど、何事も起こらなかったので、声を掛けずにそのまま家に入って寝てしまった、と。

「これが助け合いの隣組なんですかね。人の本性なんてこんなものよ」お母ちゃんは憤慨するのだ。

でも、と昭子は思う。お向かいの八百屋さんの屋根を突き破っていく落下物を目撃したお母ちゃんは、すぐさまバケツをもって駆けつけていくかしら、と。

いつのまにか、ここは戦場になってしまった。でも名誉の戦死を遂げるような戦場ではなさそうだ。国民は、勝手に逃げまわり死ぬだけなの？

夏休みの絵日記に昭子は描いていたよね。火叩き棒と鳶口を持って、「空の守り」と大書していた。「空はわれら少国民が守ります」と覚悟を示しているつもりだった。

いざ戦場に投げだされたいま、われらに「空を守る」力なんてないことが見えてきた。味方の高射砲の破片で危うく死にかけたのに、ウンでもスンでもなく追い返す軍隊は、誰を守っているのかな？　守るどころか「お国のために死ね」と言っているよ。われら少国民は「天皇陛下の御為に死ね」と歌わされているよ。

隣組は助け合い、焼夷弾を火叩き棒とバケツリレーで消しつくせと訓練をつづけてきているよ。でもね、お互い頼りになりそうにないってことも見えてきた。

どうすればよいの？　どうしようもないってことね！

こうして、高射砲落下カレー事件の後も、昭子の一家は相変わらず、布団の中に潜り込んだまま、警報下の夜をやりすごしつづけるのだった。

二、市街地無差別爆撃への前哨

一九四五（昭和二十）年は、除夜の鐘の代わりにB29の爆音と高射砲音で明けた。この夜浅草の仲見世界隈が焼けたという。正月早々焼け出されて気の毒に、と大人たちが話していた。

三ヵ日は静かに過ぎた。三日には大本営が、名古屋、大阪、浜松でB29を撃破したと放送していたから、元日の東京の次には、これらの都市が襲われたということだ。

四日以降は毎日毎夜警報の鳴る日が続く。どんな風に学校に通い、どんな風に勉強し、遊んでいたかまるで覚えていない。昭子は家で独り芝居し、独りで学校ごっこをしていたかもしれない。

一月二十七日は正子姉ちゃんが命拾いをした日だ。この日は半ドンの土曜日。日比谷の三信ビルに入る会社の秘書課を、正子姉ちゃんは正午すぎに退社した。その直後に警報が発令された。お姉ちゃんが市川に帰り着く頃には、七〇機のB29が襲来、日比谷、有楽町、銀座一帯に爆弾と焼夷弾を落とした。

日劇、朝日新聞社、有楽座、宝塚劇場辺りに落ち（劇場は十九年一月に閉鎖）、有楽町駅では、改札所の辺りに落ちて大勢の人が死傷した。電車が止まってしまったのでホームから降りて来た人が改札付近に集まっていたし、切符を買うために行列していた人たちもいて、土曜の午後の有楽町駅は混雑していたのだ。そこを直撃された。

銀座では四丁目の交差点地下鉄入口付近に爆弾が落ちた。

空襲警報が鳴ったとき、ああまたどうせ中島飛行場にＢ29は向かうのだろうと、人々は思い込んでいたのに違いない。宮城に近い日比谷から銀座という東京のど真ん中が狙われたことで、いろんな噂がとんでいたらしい。いよいよ危険は迫ってきているのだと。いや、閉鎖されて風船爆弾を作っているらしい劇場工場が狙われたのだ。いや、宮城に狙いを定めはじめているのだ等々と。

難を逃れたお姉ちゃんは出勤をしばらく控えはしたものの退職はしなかった。もし退職したら、女子挺身隊に入って軍需兵器工場に勤務しなければならないのだから、どっちにしたって危険な毎日になるのに変わりはない。

二月に入ると、敵機襲来は激しさを増し始める。艦載機が大挙襲来、二十日を過ぎると硫黄島に敵上陸のニュースが伝わり、大人たちはもう日本は駄目かも、と囁き始める。

昭子はそれでも、よく遊んでいた。学校に登校する日が少なくなっているのだもの、遊ばなくっちゃ！

二十二日木曜日は吹雪だった。お昼頃空襲警報が鳴って学校を待避下校。昭子は元兄ちゃんが大学生だった頃使っていたスキー板を引っぱり出してきて木箱をつけてもらおうと、お父ちゃんの帰りを待った。お父ちゃんは、こういう手仕事は大好きだから、「よしよし」といって、たちまち橇が完成。明兄ちゃんに引っぱってもらって、人通りの絶えた夕暮れの雪道を滑りまくっていた。明兄ちゃんの国民学校六年のときの担任が、「やあ、元気にやってるね」と目を細めながら通りすぎていった。学校の先生のお墨付きを得て、兄妹はすっかり暮れた雪明かりの道を滑りつづける。その日は、これまでとは違っていた。夕暮れてから帰ろうものなら、こっぴどく叱られ、罰として玄関前に立たされるはずが、この日、お父ちゃんもお母ちゃんも、知らん顔して雪滑りをするままにさせてくれたのだもの。

翌朝はきらきらと晴れた一面の銀世界。太陽の光をあびて雪は輝いている。

登校して思い切り遊んだ。この日は警報も鳴らず、運動場は雪合戦をする少年少女であふれかえった。

昭子たちもキャーキャー叫びながら走りまわり、雪を投げあった。友だちの雪だまが飛び交うだけではない。五年生の男の子のつぶてが顔面に命中し勝っちゃんが悲鳴をあげる。「大丈夫?」駆けよる昭子のお尻に〝ぐしゃり〟と大きな雪玉。二年生坊主め！　昭子は報復の玉を投げたが、当て損ねた。

雪に転げ、まろび、こんなにも叫び、笑い、胸弾ませた日は、最近なかったなあ。うれしい一日だったなあ。

二十五日日曜日、また大雪となった。粉雪が降りつづく。朝から空襲警報。この日はさすがに橇滑りをすることができそうにない。艦載機が続々と押し寄せてくる。ラジオの軍管区情報が流れっ放しだ。東京上空を盲爆している模様。

昼を過ぎても雪は降り止まない。警報も解除になりそうにない。艦載機どころかマリアナのB29も殺到しているらしい。敵は、工場だけを狙っているのではない。市街地が焼かれていくのだ。

昭子は退屈しきっていた。玄関先に出て降りくる雪を見物しようかしら。障子を開け玄関に立ち引き戸に手を掛けた。

「ヒュルヒュル！」

脳天から腹わたに突き刺さる衝撃！

焼夷弾だ！

昭子は瞬間、身を翻し座敷の押し入れに飛び込んだ。

玄関の軒先を掠めて焼夷弾の束は、三キロ先の新田町に落ちた。火の手があがる。

新田町の被弾は、市川が標的にされたものではなかったらしい。「東京盲爆の流れ弾」

か、「帰り際の駄賃に残りものの焼夷弾を始末していったのだよ」など、大人たちは当て推量しあっていた。いずれにしても、東京への往復の道すがら、市川はついでの標的にされることもあるのだ。油断は禁物。子どもたちも気を引きしめなければ。

昭子はこの日、ひどく感動していた。あの「ヒュルヒュル」という落下音の恐ろしさと同時に、身を翻して逃げ切った自分のなんと素早く敏捷であったことか。運動神経の鈍い「のろま」といわれつづけてきた昭子。もう「のろま」とはいわせないぞ！　昭子は自分の中で密かに、逃げることでは誰にも負けない自信にあふれ、胸を叩いて喝采していた。

ちなみに、防空壕には入らず、押し入れの下段を空にして、上段から布団を垂れ下ろし、爆風を避け、同時に逃げるための機動力を高めるのが、新式の退避法になっていたのだ。防空壕は家財の退避先として健在。ただし、雨水には要注意。

敵の襲来は途絶えることなく連日激しさを増していく。

それでも、三月三日土曜日の節句には雛壇に人形が並んだ。菱餅も雛あられも甘酒もないけれど、芋をかじりながら雛祭りの歌をうたう昭子。「あかりをつけましょぼんぼりに、お花をあげましょ桃の花」

陽の落ちていく夕刻、灯りはつかず、薄暗い部屋、火の気もなく、昼の温もりがうそのように、夜気をふくんでひたよせてくる冷気に震えながら、初等科三年生の声も震える。「五人囃子の笛太鼓、今日は楽しいひな祭り」。楽しくないなあ、哀しいなあ。あの雪合戦の一日は遠い昔になってしまった。

そういえば隣の光ちゃんと遊ぶこともなくなった。どうしているかしら。仲良しの歌子ちゃんとも行き来がない。いつもこうしてひとり遊び。

そしてとうとう、あの日は来た。三月九日から十日のあの夜の空襲。東京の空は真っ赤に燃え、市川の空まで朱に染まったあの夜。

三、三月十日

いつものように煉炭火鉢で身体と寝間着を温めてから床に入った。

昭子はこの頃、お姉ちゃんといっしょの床に入る。冷たい床の中でお姉ちゃんの身体に抱きついて温めてもらいながら眠りに就く。

今夜はいつもより早めに床に入れとお父ちゃんが言った。

「明日は陸軍記念日だから、油断するな」とも。昭子はサイレンの音に耳をすます。でもたちまち眠りにおちた。

　気が付いたら、押し入れの中にいた。布団を垂らした闇の中にいた。いつ警報が鳴ったのだろう。「そうだ、おしっこにいかなくっちゃ」。昭子は押し入れから這い出す。昭子は警報が鳴る度に必ずおしっこをしに行く。もしも逃げる途中でおしっこをしたくなったら困るから。消灯して真っ暗闇となっている家の中を、手探りで廊下を伝い便所に行くのだ。ところが、今夜は明るい！　電灯は消えているけれど明るい！　雨戸が開け放たれている。座敷は片付けられガランとしている。東京夜の初空襲、あの時と同じ。いやいや、明るさも、空気も、あの夜とはまるで違う。庭の樹々が嚇々と明るいのだ。お向かいさんの鶏小屋のトタン板も赤くきらきら揺れている。

　庭先でお父ちゃんが叫んでいる。

「おい、見ろ、敵だ！　アメリカだ」

明兄ちゃんが縁側に飛び出していく。もうおしっこどころではない。昭子も転げるように明兄ちゃんに続いた。

　昭子のすぐ目の前に、銀色の胴体が浮かんでいた。B29のでっかいでっかい胴体が、真っ赤な焔を反射させ爆音を立てている。

「笑っていやがる！」明兄ちゃんが叫んだ。昭子にも見えたのだ。笑いながら東京を指差すアメリカ兵の真っ赤な顔が。

「鬼畜」。昭子はこの時はじめて、「鬼畜米英」を体に叩き込んでいた。

東京は燃えている。紅蓮の炎で空も燃えている。市川にいる昭子の頭上まで朱に染まっている。それでもなお、東京を目指し、悠然と超低空で飛行するＢ29。

恐ろしさはなかった。この胴体の口が開き、焼夷弾の束が落ちてくるかもしれない恐怖はなかった。ただただ、にっくき敵が目の前にいた。

どんなに近く飛んでも千米以上は離れているはずだ。上空のパイロットの顔が見えるはずはない。それでも、見えたのだ！

紅蓮の炎の下で焼き殺されていく日本人にむかって、これでもか、これでもか、と焼夷弾をばらまこうと、まるで返り血を浴びたかのような真っ赤な顔に快哉の叫び声をあげているアメリカ兵の顔が！

空襲警報はいつ解除になったのだろう。少しは眠ったのかしら。

夜は明けていた。東京はどうなったの？　朝刊は届かない。ラジオ放送は、東京の様子を伝えてくれない。大本営発表で、Ｂ29が百三十機襲来したといっていたけれど、あとはなんにもわからない。

お父ちゃんは、本所にある化学肥料の工場がどうなっているか心配だといって出かけていった。省電は動いていないらしい。錦糸町まで線路沿いを歩いていくのだという。

お隣の光ちゃんが、学校からの連絡をまわしてきた。今日からしばらくの間学校はお休みになるとのこと。なぜ？　警報は解除になっているのに？　今日は陸軍記念日だよ。それがなぜ？　学校に何が起こっているの？

お母ちゃんやお姉ちゃんは、隣組からの連絡を受けて慌ただしく出入りしている。

お昼の仕度に戻ってきたお母ちゃんは言う。町は焼け出された人たちでいっぱいになっている。市川橋には、焼け出された人たちが列をなしてやってくる。リヤカーに半分焼け焦げた布団を積んだ人。布団だけを頭にすっぽりかぶった人。煤けた身体にまとう衣服は、これも焼け焦げボロボロ。破れ靴をひきずっている人。素足のままの人。焼けただれた顔、チリチリに焦げた髪に焼け焦げの頭巾を背負った人。市川二丁目は、橋のたもとにある映画館市川日活を開放し、もうすでに満員。市川国民学校には収容し切れないくらい押し寄せているようだ。そうなのか。だから学校は、子どもたちの登校を取り止めにしたのだ。

昭子はそれからの十日間をどんな風に過ごしたのか、切れ切れにしか思い出せない。

お父ちゃんが、ピンク色に蒸しあがった米を背負って錦糸町から帰ってきたのは、その日の夜だったのか翌日の夕方だったのか？

昭子の一家はその蒸し米を雑炊に調理し、食卓に向かっていた。

珍しくも山盛りいっぱいの茶碗を手に箸をとったお父ちゃんが突然その箸を卓袱台にもどすと、急にうなじを正して言ったのだ。

「なんも残っとらんかった。全部焼けてしまった。この米だけが残っとった」貯蔵庫の中で熱せられ蒸し焼き状態で残っていた米を集まった工員たちと分配しあったというのだ。

当直員は車の運転台でハンドルを握ったまま焼死していた。お父ちゃんは、そこまで一息に話すと、「うぬッ！」と息が漏れ声が裏返った。お父ちゃんが泣いている！　これまでこんな風に取り乱したお父ちゃんを見たことはなかった。

それでもお父ちゃんは瞬時に立ち直った。震える声を抑えながらお父ちゃんは話しだした。隅田公園に折り重なった焼死体の山。線路上の土手に這いあがりながら焼け焦げていった人。その焼死体をひとつひとつ確かめながら息子の名を呼びつづける老婆。焼け焦げ性別も定かではないけれど、どこか母親を思わせる遺体の下に、抱き抱えられ白い肌のまま息絶えている赤ん坊。運河に浮かぶ溺死体。

「戦争はここまで来た」お父ちゃんは言い切った。そして箸をとり、「さあ喰おう」と、雑炊をすすりあげた。

明兄ちゃんは「いただきます」と厳粛に背を正し、食べ始めた。昭子もそれに倣ったのだけれど、焼け蒸した米は喉を通っていかなかった。死臭がする。この米には、焼けただれて死んでいった人の死臭が乗り移っている。お母ちゃんも、お姉ちゃんも、茶碗を手にしたまま押し黙っている。

「お代わり」。平然と茶碗を差し出す明兄ちゃんを、昭子は茫然とみつめていた。

十日あまりが過ぎた。肺疾患があるといわれ除隊した元兄ちゃんが、勤務していた大阪事務所と寮が空襲で焼けたが、無事に避難していると便りしてきた。そのうち東京の事務所に戻ってくるという。そういえばこのところ東京は静か。その間に名古屋、大阪、神戸が次々に焼けてしまったらしい。まだまだ焼け残っている東京もそのうち、また狙われるだろうと大人たちは囁いている。

硫黄島も陥落した。アメリカ軍の上陸は近いかもしれない、と小さく呟く人もいる。市川の街もおかしなことになっている。家がどんどん毀されていくのだ。強制疎開させられ、その家は倒される。どうして？　つまり、Ｂ29に焼かれる前に密集した木の家を間引いておこうってことらしい。

　集団登下校で知りあった六組の洋子ちゃんの大きなお屋敷は、その大きな門構えと広いお庭の半分以上を失い、毎朝お参りしていたお稲荷さんの社を、辛うじて残った母屋の脇にお引っ越しさせた。洋子ちゃんは疎開せず留まることができた。そのお隣さんはお庭を失い、松の木一本だけがポツンと立っている。道を挟んでお向かいさん、そのお隣も次々と毀され、土くればかりになった空き地がずーっと広がっていく。

　学校からの連絡網が入った。「修了式に登校せよ」と。ああ、あの焼けだされて避難していた人たちが、居場所を見つけて去っていったのだ。久しぶりに友だちの顔を見る。疎開していなくなった子もいる。先生は相変わらず、浅黒い顔をひきつらせている。先生の仲良しと噂される男子クラス五組の担任も、黒ぶちの眼鏡を押さえながら背を丸めている。でも、たったひとり、十組の担任の姿がみえない。サイパン陥落をニュースで知らされた日、女の子たちを平手打ちにした白皙の美少年教師がいない。

　美少年は死んだのだ。

　あの三月十日の夜、サイパンから空襲してきたあのＢ29から降りくる焼夷弾の雨、火焰と煙にまかれ深川の運河に沈んだのだ。

運動場に集まった少国民等は、壇上に立つ学校長の声をつねよりもくっきりと聴きとっていた。

昭子はいまだかつて、この学校長のことばをきっちり聴いたためしがない。感度の悪いマイク越しにモソモソと三千人の少国民に向かって話すのだから、これを聴きとるのには相当の集中力が必要だ。

それなのに、今日この日の校長の声は、くっきりとはっきりと突き通るように耳に入ってきた。

「ここにお母さんが立っておられます。息子さんの死を報告するため、やっと辿り着き、ここに立っておられます。先生はお母さんを安全な場所に逃がし、ご自分は、みなさんの成績表と学籍簿を取りに家に戻られました。そして、お母さんと再び会うことはありませんでした。お母さんは先生を探しつづけ、運河から引き揚げられた先生をみつけだすことができたのです。先生は、お母さんに孝行をつくされました。そして、仕事に対する責任も全うされました」

十組の担任の噂＝暴力教師。でも暴力教師なんてそこいら中にいる。

昭子が懐く印象はただ一つ。「ならぬ堪忍、するが堪忍」の故事を熱く語る男の迫力。そう、あのときは、十組と七組の合同授業、修身の時間だった。このときの話は、漢の将軍「韓信の股くぐり」の話ではなかった。日本の侍の話だった。忠臣蔵の神崎与五郎？ちがう、ちがう。それは昭子のはじめてきく話だった。はっきり思い出すことができないのだが、でもこれだけは覚えている。

「生命をかけてでも守らなければならないとき、生命をかけて成し遂げようとする目的があるとき、どんなに侮辱されようが、どんな困難にぶつかろうが、じっと耐え、堪えぬいていくんだ！」

そう言うと、女の子たちをぐるりと見渡しながら頷いた。昭子も思わず頷く。昭子と美少年教師がつながった瞬間だった。この瞬間を忘れてはいない。

あの夜、B29の真っ赤な胴体を見あげながら「鬼畜米英」を身体に叩きこんだはずの昭子。「鬼畜」は先生の生命を奪った。先生を焼き殺した。だから、教え子たちは先生の仇討ちに復讐の竹槍をもって「鬼畜」に立ち向かい突っ込んでいくだろうか。その日のために「ならぬ堪忍、するが堪忍」と歯軋りしているだろうか。

ああ、いまは、「ならぬ堪忍、するが堪忍」のときなのだろうか。何のために？　先生が生命をかけたもの、それは何だったのだろう。

　昭子の近くで誰かが呟いた。「お母さんがかわいそう」。昭子ははっとする。お母さんどうしているのだろう。背伸びをして校長の背後に立つらしいお母さんを見ようとしたが、姿はみえなかった。

「そうだね」と昭子も独りごちた。「お母さんをひとりっきりにして死んじゃうなんて親不孝だよね」


お父ちゃんとお母ちゃんが口論する姿に驚いたのは、修了式の前だったのか、後だったのか、思い出せない。

　その日、焼けた工場の後始末のために錦糸町駅に降り立ったお父ちゃんは、駅前の映画館、あの空襲で焼け崩れている映画館の前に押し寄せている群衆と、怒号の向こうに、捕らえられ後ろ手に縛り付けられた若いアメリカ兵を見た。撃墜され落下傘で地上に降りたところで捕まったらしい。群衆は怒りのことばをあびせつづけていた。石つぶてが飛んでいた。アメリカ兵は石つぶてを受けて額から血を流している。（二〇〇三年三月二十四日付朝日夕刊、時のかたち　木村光一「あの日の米兵」参考に描写）

「お父さんは、何もしなかったのでしょうね」お母ちゃんが念を押すように聞いた。

「言ってやったさ、アメリカ死ね！」当然だろうが、という風にお父ちゃんは声を張った。

「落下傘で降りやがって、自分の生命は惜しい。臆病者だ」

「若い人？」お母ちゃんが問い質す。

「おう！　まだ子どもみたいなチンピラだ。あんな若造に焼き殺されたんだ」

そうだ！　あのＢ29の機上で火の海を見下ろし、笑いながらなおも焼夷弾をバラマキにいく「鬼畜」だ！

昭子もお父ちゃんと思いは同じだ。

ところが、お母ちゃんは同調しなかった。

「わたしたち日本人の息子たちも、同じことをしてるんですよ。わたしたちの息子たちもそのアメリカ兵と同じように捕まり罵声をあびているかもしれない」「日本兵もアメリカ兵もお国のために戦っている。命令に忠実に従っているだけです。憎しみ合うことではない。落下傘で降りたっていいじゃないですか。捕まる方が勇気がいる。特攻で若い人に死ねと命じる日本よりましだわ！」

「えっ?!」

昭子は驚いた。お母ちゃん、「非国民」て言われちゃうよ！　「生きて虜囚の辱めを受けず」が日本軍の「戦陣訓」だよ！

これまでお父ちゃんに口答えなぞしたことがなかったお母ちゃんが凛凛とお父ちゃんを見すえている。

「お前は、あの焼け跡を見とらん。焼き殺された人たちの遺体の山を見とらん」

お父ちゃんの声が荒々しく裏返った。

「焼き殺されているのは兵隊じゃないんだ。女、子ども、年寄りなんだ」

お母ちゃんの声も張りがあがる。

「あなたおっしゃったじゃありませんか。『戦争はここまできた』って。こんな戦争はもう――」

「もういい、やめよう」

お父ちゃんは、お母ちゃんのことばを遮り、みなまで言わせなかった。

それきり、二人は黙りこくって意地を通しつづけていた。

昭子はどうした？　混乱してます。

昭子はとっくの昔に、「お国のためにつくす」「つよい子」「少国民」であることをやめていた。密かにやめていた。でも、三月十日、人々を焼き殺す炎を反射させ飛行するB29に向かい、怒りと憎しみをこめて「鬼畜！」と叫んでいたことではお父ちゃんとひとつになっている。十組の先生が死んだと知ったとき、「鬼畜」は討たねばならぬと、復讐心に傾いていったのも確かだ。

それでいて、「お母ちゃんの言っていることはまちがっていない。お母ちゃんこそ正しい」、とも思えてくるのだ。

四、本土決戦となるのか

四月。何がなんだかわからないうちに初等科四年生に進級した。縁故疎開していく人数が増え、誰が、いつ、消えていったのかもわからない。

実は、昭子の家でも疎開話がもちあがっていた。お父ちゃんの勤めている会社は、酢酸を作っている。最近は化学肥料の生産に力を入れている（兵器は作っていないのだ！）。本社、工場を疎開させようと計画していたらしい。そこへ空襲によって本所の工場が焼けてしまったのだから、いよいよ工場移転ということになっているらしい。ああ、昭子もいよいよ疎開するのだァー。となんとなく不安、なんとなくワクワクしていたのだが。いつのまにか立ち消えになってしまった。なぜ？　子どもには皆目見当がつかない。

というわけで、昭子は残留組と肩寄せあって四年生となったのだった。

ところが、そのガラガラの教室に新しい顔ぶれが加わることになった。十組の子たちだ。十組の先生は亡くなった。学校全体を見渡すと担任のいないクラスがかなりある。男子教員が召集され出征していったからだ。さらに疎開による転出で児童数も減ってしまった。というわけで、担任のいなくなったクラスを解体し子どもたちをふり分けなければならなくなったのだ。全学年におよぶ大移動。

四年生は、男女各一クラス減。昭子のクラスは名称を四の七から四の六に変更した。顔見知りの子が何人も入ってきた。美奈子ちゃんがいる。則子ちゃんがきた。けい子ちゃんも。賑やかになるぞ！

でも、落ちついて話したり、遊んだり、というわけにはいかなかった。なにしろ四月に入ってからも警報は鳴りっぱなし。登校してもすぐ下校。朝から休みという日もある。四年生になってお裁縫の勉強が新しく加わったのだけれど、学校で裁縫している時間が確保できない。手拭いを二つ折りにして運針練習を家ですることになった。手拭い一本に運針二十本。お母ちゃんやお姉ちゃんに手ほどきしてもらいながらお稽古。二つ折りにした手拭いの両端を折り合わせ、くけ縫いも練習した。次の登校日には、完成した運針手拭いと、お手玉用の布を持っていくことになった。中身に何を詰めようか。お母ちゃんは、家にあるお手玉をほどき、数珠玉を取り出し、「これを使いなさい」と持たせてくれた。

ところが「これ」は役に立たなかった。学校で作ったお手玉は、片手で握ることができるほどの大きなもので、中には石ころが入ったのだ。石ころ入りではお手玉遊びはできないよ。どうするの？　先生は、できあがったお手玉を握りしめ、「運動場に集合」と叫んだのだ。次は体練の時間？

運動場のど真ん中に、少国民は一列横隊に並んだ。片手にお手玉を握り前方を睨む。「撃て！」の号令で一斉にお手玉を投げ飛ばす。なんと！　それは手榴弾投げの練習だったのだ。昭子たちは、校舎の中央を占拠している連隊本部の将校たちの耳に届けとばかりに声を張りあげお手玉を飛ばす。何を叫んでいたかなんて覚えていない。「鬼畜！」となんとか叫んでいたのかもしれない。ああ、いよいよ本土決戦となるのだ。その日が近づいているのだ。悲壮ではなかった。どこか面白半分、破れかぶれ、遊びにしちまえ！　下手くそ！　こんなんで敵に立ち向かえるのかね？

大本営は、沖縄に敵が上陸したと発表している。昭子は沖縄でどんな戦いがつづいているのか知りもしないし、考えることもない。ただただ、「本土決戦」ということばを耳にしているだけだ。

すでに連隊本部が置かれている市川国民学校の校舎内には、兵隊の人数が増えつつあるらしい。房総半島に上陸するアメリカ軍は、必ずや、千葉街道を進み、市川橋を渡って首都東京に突入していくだろう。その進軍を喰いとめるのが、此所市川国民学校に結集した斬り込み部隊なのだ。ああ、少国民は手榴弾を握りしめ肉弾となって、軍隊とともに散っていくのか。

すごいニュースが立てつづけに入ってくる。アメリカの大統領ルーズベルトが死に、イタリアのムッソリーニがイタリア人の叛乱軍によって殺され、ドイツのヒトラーが死んだ。そしてついに五月、ドイツ軍降伏。

もはや、残るは日本のみ。日本列島は敵に取り囲まれ、ぼこぼこに壊され、国民はひとり残らず死に絶えていくまで戦いつづけるのだろうか。

昭子は家の中にいて機銃掃射された。縁側で、庭先に遊ぶ雀の親子を眺めていたら、急に黒い大きな影が襲ってきた。六畳で寝ていた元兄ちゃんが、「昭子！」と叫んだ。お兄ちゃんの枕めがけて跳び込む。

「ダッダッダッダッ」と掃射音が耳をかすめる。機影はまたたくまに飛び去っていった。

庭先には雀の親子の死骸が転がっている。昭子は親子をいちじくの木の根元に埋め、手を合わせた。昭子の身代わりになってくれたのだ。なぜ雀まで殺されなければならないのだ。雀も戦う日本国民の一羽ですか?!

焼夷弾や爆弾が落ちてくるだけではない。どこにいても敵機は襲ってくるのだ。ああ、明日は登校して草刈りに行くのだよ。江戸川堤で五年生といっしょに草刈りをする。土堤に群れて草刈りする少国民等は機銃掃射の恰好の標的じゃないか！

草刈りには、お母ちゃんたち隣組も駆り出されている。刈り取った草は庭一面に広げ天日干しにして供出するのだ。何に使うのだろう？

供出といえば、何年も前から、家の中にある金属を毎月毎月供出させられ、もう搾り取るものがなくなって、ついに乾し草やら松根油やら、松やにやらまで集めて来いといわれているのだ。

市川はどこの家にも松があり、道標にも一本松、三本松の呼び名がつくほどのまるで松林のような街だから、松から採れる油は相当の量になるはず。飛行機を飛ばす燃料源として期待されているのかも。

松根油採りは難しいので、少国民は松やにを集めようということになったけれど、幹をナイフで削り、浸み出てくる松やにを受け皿に入れようとしても、手をべっとべっとにしただけで、ついに一滴の松やにも器に採れずじまい。いつのまにか、掛け声も途絶えてしまい、号令かけた人たち、おそらくは学校も本気でなかったのかな、と首をかしげている。

明兄ちゃんは学徒動員で、農家の畑、田んぼ仕事に精出していたのが、中学二年に進級してからは中山競馬場に通っている。競馬場はとっくの昔に閉鎖されていて、陸軍の軍医さんたちが集まって何か？　をしている。

お兄ちゃんの仕事は馬の世話。草を食べさせ、運動させ、裸馬にも乗れるぞ、と威張っていたが、機銃掃射のグラマンが頻繁に飛び回るようになって、この頃では小屋の中で馬を大人しくさせるのに苦労しているらしい。

ああ、あの乾し草は、この馬たちの飼葉になっているのかもしれない。競馬用の馬たちかと思っていたら、全国の農民たちが供出した馬なんだそうで。戦争を続けるために供出、供出、供出。その集められた馬は何に使うの？　お兄ちゃんは、軍の機密だといって教えてくれない。

最近飛んでくるＢ29は焼夷弾を落とす代わりにビラを撒いて去っていくことがある。先生や町内会長さん、警防団長さんたちが、ビラを拾うなとか、拾ったら憲兵隊に届けよ、とか言ってまわっている。日本人は降伏した方が幸せになる、みたいなことが、日本語で書かれているらしい。昭子はビラを見ることがないのでよくわからない。

大本営が、沖縄最後の攻勢と発表。いよいよ本土決戦となるか。決戦となる前に、日本全国空からの襲撃でほとんど無人となるまでやられてしまうかもしれないぞ！　と昭子は思う。

お父ちゃんと、お母ちゃんが、ひそひそ話している。疎開しなくてよかった、と。どこに疎開しようとしていたのか知らないが、昭子は「やっぱり！」と呟く。どこに逃げようが、逃げずに市川に止まっていようが、最期は同じことになるんだ！

国民はすべて国民義勇兵となって戦うことになるらしいけれど、どうせ兵器は竹槍一本。これでどうやってアメリカをやっつけることができるのか。

少国民は石ころのお手玉でどうやってアメリカを爆破するのか。いざというときは手榴弾が配られるのだ、という噂を耳にしてはいるけれど、本当かしら？

お父ちゃん、上の二人のお兄ちゃん、お姉ちゃんは勤め先の職場の義勇隊に入り、お母ちゃんは満四十歳を超えているので義勇隊入りを免れた。明兄ちゃんは十五歳に満たない満十四歳だから、これも免れた。でも、学徒隊として競馬場の馬とともに戦うのかな？

市川国民学校の校庭には、町内の義勇兵たちが集められ、竹槍訓練が行われているらしいけれど、昭子の一家は町内の兵士ではないので、この訓練には参加せずに済んでいる。でもそのためかどうか、町内会長さんとお父ちゃんの関係は馨しくないみたい。いつだったか、町内会長さんとお父ちゃんが口論していて、

「非国民とはなんですか！」

とお父ちゃんが熱り立っていたっけ。

いつのまにか夏休みに入っていた。いつ登校し、いつ休校になるのかまるでわからぬ日々のうちに、夏休みになっていた。去年の夏までは、江戸川の水辺に遊び、真間山で蟬採りに走り回ることもあったけれど、いまは家の中、せいぜい庭の隅っこで独り遊びしている。ちょこっと石けりをしてみたり、縄跳びの真似事をして……。

庭も畑になってしまっているから、まだ熟していない青臭いトマトをかじったり、種ばかりのきゅうりを捥ぎ取る。

お父ちゃんは朝早くに屋根に上り、屋根まで這わせた南瓜の交配をしている。

房総半島は、敵の艦隊に取り囲まれているとか、茨城県の日立は、艦砲射撃されている、などと大人の話し声は昭子の耳にびんびん伝わってくるから、昭子は晴れ渡った夏空を眺めているのに、頭をすっぽり霞で覆われているような不思議な気分に襲われて、急にシャックリが止まらなくなってしまった。

お母ちゃんと話し込んでいたお姉ちゃんが、昭子を見て「昭子は死にたくないんだよねえ」とからかうような口調で笑った。「この子ったらね、寝る前になると、ぶつぶつ言いながら拝んでるのよ。生き残れますようにってお祈りしてるの？」お姉ちゃんは昭子を馬鹿にして笑ってるんだ！「国破れて山河あり。誰もいなくなって、敵ばかりになった日本の中で、一人だけ生き残って昭子は、どうやって生きてゆくつもり？」と追及の手を弛めない。昭子はだんまりを決め込む。どうせわかってもらえないから。

いざというときは「一矢報いて死にたい」とお母ちゃんが言う。

昭子は混乱した。お母ちゃんは、この戦争を止めるべきだと言っていたじゃないか。戦うのを止めるのなら、一矢報いるといって手榴弾を投げるより、降参すればよい。もしそれができないのなら。……どうする？　昭子は意地でも生きてみせる。地面深く、もぐらのように潜ってでも生きてみせる。

本土決戦となったら手榴弾、もしそれがなかったら青酸カリが配られるとか言っている。沖縄では実際に配られて自決したという。

町内会は、隣組は、集団自殺を強制してくるのかもしれない。冗談じゃない！　強制されてだれが死ぬものか。

それほどにも固く決意しているというのに、昭子の一家は玄関前に正座し、青酸カリを飲む。昭子は死の瞬間を待っている。暗い暗い闇に包まれて大地に吸いこまれていくような、これが奈落か――。突然目が覚めた。ああ、夢だったのか。

五、祈り

お姉ちゃんが、「この子ったら寝る前にぶつぶつ言いながら拝んでるのよ」と昭子を軽蔑しからかったのは、口惜しいけれど、その通りだ。

でも、「生き残れますように」と拝んでいるとか、「一人だけ生き残る」つもりなのだと断定するのは正確ではない。昭子の気持ちから半分くらいは外れている。

東京夜の初空襲で、「死にたくない」と泣き叫んだときの昭子が、そのまま現在も続いている、とお姉ちゃんは思い込んでいるのだ。

昭子は変わったのだ。ほんの少しだけ変わったのだ。

あの三月十日夜の大空襲のあと、落下傘で飛び降りて捕虜となったアメリカ兵のことで、口論していたお父ちゃんとお母ちゃんの傍にいて、昭子は変わったのだ。

戦争は、日本とアメリカの殺し合いでしかない。ひとりひとりが憎しみ合っているわけでもないのに、「お国のため」というだけで殺し合うのは愚かだ。だから「こんな戦争はもう」止めるべきだ、とお母ちゃんは言おうとしていた。

それからずっと、昭子は考えつづけているのだ。

日本は尊い神の国であるという。日本を生んだのは、いざなぎ、いざなみの神様だ。その娘天照大神の子孫である天皇が日本を治める。天皇は人の姿で現れた現人神であるそうだが、日本の国民は皆それを信じているのだろうか。

その天皇は正義のために戦ってきたのだという。出征兵士は天皇のおんために戦い、天皇陛下万歳といって死ぬことが名誉であるといわれる。天皇のおんために「死ね」と少国民に向かってまで叫ぶ。

昭子にはなにがなんだかさっぱりわからない。すべてが腑に落ちない。神よ、日本を生み、天下った神よ。そこに生きる人々を死に絶えるまで戦わせて、それでご満足ですか？神よ、あなたは、人を生かす力を失ってしまわれたのですか。

昭子は、お兄ちゃんの本棚にある『日本建国童話集』を繰り返し読んできた。何度読んでも、いま叫ばれているような理不尽な現人神に結びつくものはないように思われる。日本に現れた神だけが、尊い神であるといっているようにも思われない。

いざなぎ、いざなみの二神は、日本の国大八島を生んだ。死んで黄泉国に逝ってしまったいざなみを思い、淋しさに耐え切れず、黄泉国にまで押しかけ、連れ戻そうとするいざなぎは、黄泉の国の神と相談してくるから動かぬようにというぃざなみのことばを守り切れず、いざなみの死の醜い姿を覗き見てしまい、驚き逃げる。追い駆けてくる鬼たちやいざなみを振り切り、この世に戻ってくるいざなぎ。

いざなぎの左眼から生まれた天照大神は、鼻から生まれた弟の須佐之男のいたずらと乱暴に怒り、天の岩戸の中に隠れてしまうし、八十神たちは、いなばのお姫様が、末弟の大国主を選んだことに嫉妬し、いじめのかぎりをつくし殺そうとするし、などなど、こうした神々の物語は、尊い神というよりも、「神」という名を付けられた人間たちの物語であるとしか思えないのだ。どこにでもいそうな人間たちの話として面白いなあと思う。

もし、天皇が、この神々たちの子孫であるならば、これらの話は天皇の先祖の物語なのだろう。昭子の先祖の物語は断片的な言い伝えしか残っていないらしいから、多くの人に伝えられ、千年以上も語り継がれてきたのだとするなら、たいしたものであるとは思う。

それにしても、「神様」って何だ?

神棚のお掃除をしながら、お父ちゃんが教えてくれた。天照大神は日の神、太陽神だ。人々は太陽から届く恵みに感謝し尊んだ。太陽神だけではない。あらゆるものに神の霊が宿ると考えていた。恵みに感謝しながら一方では、神の怒りに触《ふ》れることを畏れもした。祟りをしたりするものも神としてお祀りし、封じ込めようとしたのだよ、と（『絵日記にみる「少国民」昭子』より）。そういえばお稲荷さんは穀物の神様で、そこに狐さんがいるのは、神様のお使いとして祀ってしまい、人を騙すいたずらものを封じてしまったわけで。ご飯を炊くかまどは火の神様で、荒神様としてお祀りし、火事にならないようにと念じているのだ。蛇の棲む穴には七五三縄を張ってお祀りしている。田畑を荒らす鼠を食べ、恵みの雨を降らせてもくれるありがたい神様なのだ。

死んでしまった人間を祀る神社もある。菅原道真公は天神様と呼ばれ、天満宮に祀られる。学問の神様といわれているけれど、嫉妬した貴族たちに陥れられ無実の罪を背負わされ左遷されて死んだので、死後に起こる異変を道真公の祟りだと恐れてお祀りされたのだそうで。家康公は東照宮に祀られ、乃木大将は乃木神社、東郷元帥も東郷神社。そして明治になってから戦死した人たちは靖国神社にお祀りされる。つまり、みんなみんな神様になるってわけだ。

昭子の新年の初詣は、江戸川堤から仰ぐ富士の峯と、二丁目の神様お稲荷さんだ。神社に詣で、お賽銭を投げ入れ柏手を打って何を祈る?　「必勝祈願」する人もいるだろうけれど、みんな「幸せになれますように」って自分たちの願い事を唱えるのだ。

でもね、昭子のおじいちゃんは、神棚にも神社にも手を合わせることはしていなかったらしい。おじいちゃんは、お仏壇の中に飾られている阿弥陀様の絵像に向かって「なんまいだ、なんまいだ」とお念仏を唱えていた。おじいちゃんは、死んで地獄に落ちるのを恐れ、どうぞ極楽浄土に逝けますように、と阿弥陀様におすがりしていたのだ、とお母ちゃんがこっそりおしえてくれた。

おじいちゃんは神様ではなく、阿弥陀様という仏様にお願い事していたってわけ？　仏壇には、ご先祖さまたちもお祀りされている。ご先祖さまは死んで仏さまになったんですって。もうこうなってくるとわけがわかりません。神様は、人間のご都合によって創りだされてきたもののように見えてきますよね。

日本の国だけが、尊い神の国、というのも怪しいね。なぜ？　たとえば太陽神は日本の上にだけ恵みの光を届けてくれてるわけではない。太陽は地球上のすべての国、すべての大地、海を照らしているではないですか。太陽神は、あるところでは天照という名をもつ神様であるのかもしれない。

明兄ちゃんの本棚にある『ヨルダンの流れ』は、天地を創った神を信じるイスラエルの人々の歴史物語。その棚の片隅にひっそりと『新約聖書』と刻まれた黒表紙の小さな本。最初の一行にカナ書きで「アブラハムの子ダビデの子、イエス・キリストの系図」と書かれている。古めかしい日本語でびっしり文字が並んでいるこのお話は、昭子が読むには余程の根気がいりそうだ。

大きいお兄ちゃん元兄ちゃんの本棚には、『ギリシャ神話』と大書した厳めしい本がある。ギリシャ人が信じる神様たちのお話らしい。ということは、世界中、それぞれの土地に住む人たちが神話をもっているってことでしょ。

あの捕虜になった若いアメリカ兵も、アメリカ人が信じる神様に祈っているかもしれない。

昭子の家の床の間に、おじいちゃんが彫った大黒様の像が飾られている。大黒様は七福神の一つ。インドの神様と日本の大国主命が合わさった神様だそうな。お宝や食物を入れた大きな袋を背負い打出の小槌を振って、わたしたちに恵みを授けてくださる。阿弥陀様だけを信じるおじいちゃんがなぜ大黒様のお像を彫ったのか？　はさておき、七福神はインドやシナ、つまり唐《から》、天竺からやってきた神様たちが、日本人の信じる神や仏と合わさってできあがったのだ。

こう見てくると、日本だけが尊い神の国である、とはいえないですよね。もしかしたら、それは国民を戦いへと駆り立てる呪《まじな》い言葉だったのかもしれない？

昭子は、日本の神に祈っているのではありません。昭子は、昭子の心の中の何ものかに向かって手を合わせるのです。祈るのです。昭子は、この世を在らしめているなにものかに向かって手を合わせ、祈るのです。世界のすべての人々が、そこに生きるすべてのもののたちが、幸せになれますように。そのためには、この戦争を終わらせなければならない、と。

六、八月十五日

広島にピカドンといわれる新型爆弾が落とされたこと、ソ連が満州の日本人に向かって攻撃を開始したこと、を知ったのはいつだったのだろう。

熊本に出張していた元兄ちゃんが、帰路車中から覗き見た広島は、すべてが焼きつくされ、草木一本さえ残ることなく消え失せたまっ平な地になっていた、と話しているのを聞いたのはいつだったのだろう。まだ夏休みは終わっていなかった。広島にはもう、草も生えることはないそうだ。百年はかかる。それほどまでに恐ろしい新型爆弾が落とされた。日本は敗れて当然、といっていたような。

ああ、もう戦争は終わってしまった夏の日の午後だったのかもしれない。

八月十五日水曜日、昭子は走っていた。人っ子ひとり通らない森閑とした大門通りを走っていた。焼けつくように燃えるまぶしい光を浴びて走っていた。空は青く一点の雲もない。朝から警報が出ているのだもの、みんな家の中にじっと閉じ籠もっているのだ。そして正午の時報を待っている。急がなければ間に合わない。

朝のラジオ放送は、正午に天皇が「御自ラ御放送遊バサレマス。国民ハ一人残ラズ謹シンデ拝シマスルヨウ」と告げていた。

お母ちゃんは、この放送を聞くや、動きはじめた。家にある通帳をすべて持ち出し、郵便局、銀行を回ることにしたのだ。

いよいよ本土決戦に入ると、天皇は国民に呼びかけるのか。それとも、日本敗れたり、と宣言なさるのか。いずれにしても、預金が封鎖され、引き出せなくなることはまちがいないだろう。正午前にすべての口座から預金を引き出さなければならない。お母ちゃんの決断だ。

昭子は驚いていた。お母ちゃんは、本土決戦で玉砕する覚悟が出来ている人だと思っていた。全員死んでしまうのならお金なんていらないよね（やっぱり人間はどこまでも生きることにしがみつくことを止めないんだ。生きていたいんだ）。

それとも、お母ちゃんは日本の降伏を予感していたのかしら。お母ちゃんは、なによりも家族を守ろうとしている。

昭子は、お母ちゃんの必死の姿を眺めながら、お伴することにした。

どんな風に銀行回りをしたのか覚えていない。でも、最後の三菱銀行で事は起きた。

一時《いっとき》、銀行前の待避壕に入れといわれたりして手間どってしまい、ようやく窓口の手続きに入ったとたん、お母ちゃんは心臓に手を当て、大きく息を吐いたのだ。印鑑がない。三菱に登録している印鑑がない。石造りの薄暗い行内には、預金者たちが群れ、汗まみれになっている。めったに汗をかかないお母ちゃんの額から汗が流れ落ちた。

「昭子、タンスの引き出し、桐ダンスの小引き出し三段目の中にある印鑑を全部持って来てちょうだい」

行内の柱時計を見る。十時半をまわっている。家まで子どもの足で片道三十分はかかる。往復して手続き完了し、正午までに家に帰り着けるだろうか。

昭子は駆ける。駆けに駆ける。汗が噴き出ている。鼻柱を伝って滴り落ちる。この森閑とした真夏の大門通りを、昭子は一生忘れることはないだろう。警報が出ている。「敵ハ霞ヶ浦ニアリ。敵二機目下、鹿島灘ニアリ」と。（徳川夢声『夢声戦争日記』より）それにしてはB29もグラマンも姿を見せない。この不思議な一瞬。

母と子はどうやら正午の時報前に家に帰り着く。ラジオの前に正座。お父ちゃん、二人のお兄ちゃん、そしてお姉ちゃんは勤め先で職場の人たちといっしょにラジオの前に立っているのだろう。学徒動員の明兄ちゃんは、大勢の中学生、女学生たちと競馬場で同じようにラジオの前に直立しているにちがいない。

ラジオが号令した。「起立！」昭子は立ち上がり直立不動となる。お母ちゃんは正座したままだ。

玉音放送が始まる。初めて聴く天皇の声。昭子は呆然とした。何を言っているのか、ことばが聴き取れない。一語一語の波長がなが〜いのだ。ゆるやかに。その音声は大波のようにもりあがったと思うと、細くひそやかにふるえる。この人は、普通の人間ではない。天皇は、わたしらのような話し方をしない人なのだ。おことばの内容よりも、不思議な音声と抑揚とをもつ語り主を、いったい何者なのかと問いつづけているうちに、玉音は終わりを告げた。

お母ちゃんはふっと息を吐くと、

「終わったね」といって立ち上がった。

呆然と立ったままでいる昭子は、ハッとして「えっ？」と、お母ちゃんの顔をみる。

「そう、日本は敗けた。戦争は終わった。これからが大変だよ」

お母ちゃんはそれだけいうとお昼ご飯の支度にとりかかる。

「昭子、今日はお母ちゃんと贅沢しようね。鮭缶を開けるからね」

鮭、鮭、鮭！　鮭を食べたのは二年前、初等科二年の秋、それ以来鮭の顔を見ていない。あのとき、学校から配給された塩鮭一切を焼き、お母ちゃんとお姉ちゃんに見つめられながら、独り占めして頬張っていたっけ！

お母ちゃんは鮭缶をどこかから手に入れ、ずっと戸棚の奥にしまい込んでいたんだ！じゃがいもといっしょに薄味に煮込んだ鮭に米のご飯を頬張る。

八月十五日は、母と子の一生忘れることのできない秘密の時間になるのだろう。戦争は終わった。


この日、帰宅したお父ちゃん、お兄ちゃん、お姉ちゃんたちと、どんな風にすごしたのか、わずかな断片しか思い出せない。

明兄ちゃんが、蓄音機を六畳間の真ん中に置いて古いレコード盤を引っぱり出し、ジャズ・ソングを聴いていたのは覚えている。『ダイナ』『青空』聴き覚えのある、でも聴いてはならぬと封印されていた曲。

お母ちゃんが、「はしたない、お止めなさい」と叱っていたっけ。

明兄ちゃんが、競馬場からバケツいっぱいの馬肉を抱えて帰ったのも、この日八月十五日だったと思う。

いちじくの木の下でお父ちゃんが肉を焼き、煮付けて夕食に供された。男たちだけが、この肉をむさぼり喰った。

血を抜かれて死んだ馬の肉だという。いくらひもじいとはいえ、明兄ちゃんは、この馬たちに草を喰わせ、体を洗い、馬舎を掃除し、ときには裸馬に跨って、この日までをともに暮らしてきたはずなのに、よくもまあ、その肉をためらいもなく喰えるものだ！　昭子はどんなにひもじくても、この肉だけは食べることができない。

八月十五日、この日を境に、昭子は残りの夏の日をどのようにすごしたのか、まるで空白である。

終章　八月十五日追記

八月十五日には二つの「なぜ」が昭子の中に残っている。

なぜ馬たちが競馬場に集められたのか。なぜ血を抜かれて死んでいったのかを知るのは後年のことだ。

競馬場が閉鎖され、陸軍軍医学校中山出張所となったのは一九四四（昭和十九）年三月。そこで行われたのは、本土決戦に備え、負傷した兵士のガス壊疽治療のための血清を造るべく、生きたまま馬の血液全量を抜きとることだった。動員学徒たちはその一部始終を目撃していた。やがて殺される馬の世話をしていた明兄ちゃんも目撃者の一人だった。学徒の中には、生きている馬の血を採るべく、脚に縄をかけ引き倒し押さえつける仕事を命ぜられた者もいた。

明兄ちゃんは、自分がその手伝いをしたかどうかは語らず、

「ひどいもんだ」とだけ言った。

「あの肉は？」昭子の問いに、

「ああ、あれは敗戦の玉音放送を聴いたあと、血を抜いて死んだ馬を解体し、希望者に配布したんだよ。自分はもらった。大和煮の缶詰のような味でうまかったな」

「ひどいもんだ」と言いながら、その肉を「うまかったな」と言う。己の食欲を満たすため、生命を維持するためには当然のことなのかもしれない。これを供養だという人もいるだろう。

昭子だって肉食用に飼育され、屠殺された肉を、うまいうまいと言いながら頬張っている。でも、それとこれとは、どこか違う、と昭子は思う。明兄ちゃんは、自分の目の前で血を抜かれて死んでいった馬たちの肉をどんな思いで口にしたのだろう。心の中で馬たちにどんな思いを寄せたのだろう。ただひたすら、喰うことだけに集中した？

そういえば、東京大空襲のときも、燃えさかる焔に包まれ、貯蔵庫の中で蒸し焼きにされた米飯を「お代わり」していたのも明兄ちゃんだった。父親の語る焼け焦げて死んでいった人たちの惨状を聴きながら……。

昭子が後年勤務した職場に、ニューギニアの戦場から生還した元兵士がいた。同僚たちの間でひそかに囁かれていた噂。「あの人、人肉を食べて生き残ったらしいよ」

噂は真実とは限らない。しかし、彼が過酷な戦場で、ギリギリの極限状態を生き抜いて、そこに居る、ということだけは確かだ。どうやって生きのびたのか、彼は、昭子たちの前で語ることはなかった。何としても生き抜くと、覚悟を決めていた昭子ではあるけれど、あの馬肉を口にすることができなかったし、蒸し焼き米飯を飲み込むこともできなかった。まだまだ生温いところにいたということか。

八月十五日、もう一つの「なぜ」。

ジャズ・ソングのレコードを聴く明兄ちゃんをなぜ、お母ちゃんは「はしたない」と叱ったのだろう。

日本がポツダム宣言を受諾して降伏する、その天皇の決意をうけたまわったこの重大な日は、一日厳粛に身を慎み悲しみにくれるべきであるのに、こともあろうに敵国のジャズ・ソングを聴き楽しむとは何事、ということなのかもしれない。

でも、それが「はしたない」行為であるならば、玉音放送をうけたまわった直後に、鮭缶を開け白米飯に舌鼓を打った母子は、どうなの？

その日の夕刻、庭で馬肉を焼き、香りをまき散らす父子も「はしたない」んじゃない？

お母ちゃんは、家長たる夫には、「あなたはしたないではありませんか」と声をかけることはできなかった。つまり、お母ちゃんは、ジャズ・ソングの音響が隣近所に響き渡ることを憚り息子を叱ることだけはできたというわけだ。

この日、直立不動で頭を垂れ、玉音放送をうけたまわった人々は、呆然自失し、立ちすくみ、あるいはすすり泣いた。「口惜しいと一声叫んでがばと前へうつ伏す」人もいたそうな。（山田風太郎『戦中派虫けら日記——滅失への青春』）

宮城前広場では玉じゃりの上に正座、ひれ伏し、号泣する人々。割腹自殺する将校もいたという。

これが、あるべき国民の姿だったのだろう。山田風太郎は前掲『戦中派虫けら日記』に記す。「寮の台所で炊事の老婆が二人、昨日と一昨日と同じようにコツコツと馬鈴薯を刻んでいる。その表情に何の微動もない。（中略）二人の婆さんは、ひるの天皇の御放送をききつつ、断じて芋を刻むことを止めなかったという。こういう生物が日本に棲息しているとは奇怪である」と。

昭子の一家もまた奇怪な生物といわれるのだろうか。いやもしかしたら、非国民といわれるのかもしれない。

だから、お母ちゃんは、この日の空気を憚って、玉砕せずに済んでホッとした気持ちを隠そうとした。お母ちゃんはずーっと本音を隠しながら、ひそやかに生きてきたものね。

　ところで、なぜ日本は戦争をしつづけてきたのだろうか。昭子は、何もわからぬまま八月十五日、この日まできた。お父ちゃん、お母ちゃんはわかっていたのだろうか。お兄ちゃん、お姉ちゃんたちはわかっていたのだろうか。

　お母ちゃんは心の中では戦争に反対しているのに、その本音を隠し、世間体をつくろって日々を暮らすのが精一杯。お父ちゃんは黙々と働き、ただひたすら家族を守る責任だけを背負いつづけてきたようにみえる。お父ちゃんの心の中は昭子には何もわからない。三月十日、たった一度だけ感情を顕《あら》わにしただけだ。

　担任の先生大和撫子は生真面目に愛国者として行動していたようにみえる。それだけしか見えてこない。でも本音はどうだったの？

　みんなみんな、まわりとの歩調を合わせ、戦争遂行国策音頭を踊ってきたということ？まわりの振りに合わせて踊りながら、戦場に赴き無残にも死んでゆき、彼らを送り出し、ごく普通に暮らしを営む人々も、焼夷弾の雨の中に焼き殺されてしまったということ？死んでいった者たちは浮かばれないではないか。玉音放送を聴いた八月十五日、口惜しいと叫んだ人の思いは、その辺にあったのだろうか。

それでいて、世の中がひっくり返れば、生き残った者たちは、やがて、踊り振りを変えていくことになるのかもしれない。

昭子は、日本がなぜ戦争しているのかわからぬまま、空襲の日々をやり過ごし、なぜ戦争が終わりを告げたのかわからぬまま敗戦の日を迎え、明日からは戦後を生きることになる。昭子はこのとき、十歳と一ヵ月。

あとがき

二〇〇五年に出版した『絵日記にみる「少国民」昭子』は、太平洋戦争開戦の翌年、国民学校初等科一年に入学した少女昭子の生活記録です。子どもの目からみた当時の世相、学校教育の一端が伝わってきます。しかし、絵日記は初等科三年の夏休みまでですから、昭子の空襲体験は記録としては残っていません。日記以降の少女昭子の空襲体験を綴ろうとするとき、記憶に頼らざるをえなくなりました。

記憶には思い込みや、記憶ちがいなどの不確かさがあります。その点を踏まえ、空襲下の生活の記憶の断片を蘇らせながら、当時の子どもが何を見、何を考え、どのように生きようとしていたかを、客観的にみつめることを心がけたつもりです。

首都東京の近郊千葉県市川市に生まれ育った少女昭子とその家族は、直接の戦争被害を受けてはいません。しかし、連日のように襲来するB29と、これを迎え討つ日本軍戦闘機を目撃し、機銃掃射の危険に曝されながら空襲下を過ごしていたのです。

当時の小学生＝国民学校児童の受けた皇国民教育は、入学年度が一年異なるだけで、その受けとめ方は微妙に変わります。国が押しつけようとする人間像に純粋培養されるはずでしたが、それは実現不可能となりました。なぜならば、連日の空襲によって教育される機会を失ってしまったからです。

しかし、かえって、批判的な目を昭子自身の内側からの力によって養っていったと、制作の場を通して確認できたと思っています。

戦後七十数年を経てなお、国や社会のありように子どもたちが晒され、影響を受けていることをみると、過去の戦争体験と重なる部分があると嘆息してしまいます。

どれほど時代が変化しようと、本質は過去に学ばなければならない。本書が、その過去のささやかな一部分であることを読みとっていただければ幸いです。

二〇一八年十二月十一日

宮田　玲子

参考文献

『暗黒日記』（岩波文庫）清沢洌　岩波書店　一九九〇年
『昭和二十年第一部二、五〜一三』鳥居民　草思社　一九八六、一九九四、一九九六、二〇〇一、二〇〇二、二〇〇三、二〇〇八、二〇一二年
『夢声戦争日記』（中公文庫）徳川夢声　中央公論社　一九七七年
『夢声戦争日記　抄――敗戦の記』（中公文庫）徳川夢声　中央公論社　二〇〇一年
『戦中派虫けら日記―滅失への青春』山田風太郎　大和書房　一九七三年
『神谷美恵子著作集補巻１（若き日の日記）』神谷美恵子　みすず書房　一九八四年
『絵日記にみる「少国民」昭子』宮田玲子　草の根出版会　二〇〇五年

著者プロフィール

宮田 玲子（みやた れいこ）

1935年生まれ
千葉県出身、在住
証券会社勤務を経て、公立小中学校教諭として定年まで千葉県内の市町に勤務
既刊書『絵日記にみる「少国民」昭子』草の根出版会　2005年
『鎮魂　崩れ去りし家族・失われし故郷に』文芸社　2015年

「少国民」昭子の戦争

2019年８月15日　初版第１刷発行

著　者　宮田 玲子
発行者　瓜谷 綱延
発行所　株式会社文芸社
〒160-0022　東京都新宿区新宿1－10－1
電話　03-5369-3060（代表）
03-5369-2299（販売）

印刷所　株式会社フクイン

ISBN978-4-286-20786-5